名家散文
必讀系列

徐志摩

徐志摩 著

中華教育

目錄

泰山日出

導讀

　　1923 年春，徐志摩由梁啟超介紹，任松坡圖書館第二館幹事，協助處理英文函件。此時，徐志摩沒有加入固定的文藝圈子，也想與新文學作家一道從事文學活動，於是 1923 年夏，他加入了新文學團體文學研究會，並在該會的機關刊物《小說月報》上發文多篇。這篇《泰山日出》如作者在開篇所言，是為歡迎泰戈爾的應命之作，此文與《泰戈爾來華》一文和《幻想》一詩，同刊在 1923 年 9 月《小說月報》第 14 卷第 9 號即「泰戈爾號」上。

　　在《泰山日出》中，徐志摩將自己幻想為一個長髮飄散的巨人，熱切祈盼東方日出，終於日頭躍臨天空，東方復活了，光明勝利了，散髮禱祝的巨人也沉醉在普遍的歡欣裏。作者表面看似僅僅描繪自然奇觀，但仔細品味則不難發現，他將其對泰戈爾的渴盼和讚美貫注在字裏行間，實際上，他縱筆將泰山日出的自然奇觀同他本人的大膽幻想融為一體，而到文末才點出這是他「想望泰戈爾來華的頌詞」。

　　泰戈爾被譽為東方文學的泰斗，是亞洲第一位諾貝爾文學獎獲得者。1924 年，中國知識界熱烈歡迎泰戈爾訪華，渴盼泰戈爾能像東方日出一樣給中國帶來光明，如徐志摩在《泰戈爾來華》中說：「我們所以加倍的歡迎泰戈爾來華，因為他那高超和諧的人

格，可以給我們不可計量的慰安，可以開發我們原來淤塞的心靈泉源，可以指示我們努力的方向與標準，可以糾正現代狂放恣縱的反常行為，可以摩挲我們想見古人的憂心，可以消平我們過渡時期張皇的意氣，可以使我們擴大同情與愛心，可以引導我們入完全的夢境。」另如在《幻想》中，徐志摩又想像「天空裏幻出一帶的長虹」，「轉慘酷為歡欣在俄頃之間！」可以說，徐文與徐詩異曲同工，均是幻想泰戈爾來華將帶來久慕未見的光明。

振鐸[1] 來信要我在《小說月報》的「泰戈爾號」上說幾句話。我也曾答應了，但這一時遊濟南遊泰山遊孔陵，太樂了，一時竟拉不攏心思來做整篇的文字，一直挨到現在期限快到，只得勉強坐下來，把我想到的話不整齊地寫出。

　　我們在泰山頂上看出太陽。在航過海的人，看太陽從地平線下爬上來，本不是奇事；而且我個人是曾飽飫[2] 過紅海與印度洋無比的日彩的。但在高山頂上看日出，尤其在泰山頂上，我們無饜[3] 的好奇心，當然盼望一種特異的境界，與平原或海上不同的。果然，我們初起時，天還暗沉沉的，西方是一片的鐵青，東方些微有些白意，宇宙只是 —— 如用舊詞形容 —— 一體莽莽蒼蒼的。但這是我一面感覺勁烈的曉寒，一面睡眼不曾十分醒豁時約略的印象。等到留心回覽時，我不由得大聲的狂叫 —— 因為眼前只是一個見所未見的境界。原來昨夜整夜暴風的工程，卻砌成一座普遍的雲海。除了日觀峯與我們所在的玉皇頂以外，東西南北只是平鋪着彌漫的雲氣。在朝旭未露前，宛似無量數厚毳[4] 長絨的綿羊，交頸接背的眠着，捲耳與彎角都依稀辨認得出。那時候在這茫茫的雲海中，我獨自站在霧靄溟濛的小島上，發生了奇異的幻想 ——

---

①　振鐸，即鄭振鐸（1898—1958），作家、編輯、文學活動家。他是文學研究會發起人之一，當時正主編《小說月報》。

②　飽飫，飽食。飫（yù），飽。

③　無饜，不滿足。饜，滿足。

④　毳（cuì），鳥獸的細毛。

　　我軀體無限的長大，腳下的山巒比例我的身量，只是一塊拳石；這巨人披着散髮，長髮在風裏像一面黑色的大旗，颯颯的在飄盪。這巨人豎立在大地的頂尖上，仰面向着東方，平拓着一雙長臂，在盼望，在迎接，在催促，在默默的叫喚；在崇拜，在祈禱，在流淚 —— 在流久慕未見而將見悲喜交互的熱淚……

　　這淚不是空流的，這默禱不是不生顯應的。

　　巨人的手，指向着東方 ——

　　東方有的，在展露的，是甚麼？

　　東方有的是瑰麗榮華的色彩，東方有的是偉大普照的光明 —— 出現了，到了，在這裏了……

　　玫瑰汁，葡萄漿，紫荊液，瑪瑙精，霜楓葉 —— 大量的染工，在層累的雲底工作，無數蜿蜒的魚龍，爬進了蒼白色的雲堆。

　　一方的異彩，揭去了滿天的睡意，喚醒了四隅的明霞 —— 光明的神駒，在熱奮地馳騁……

　　雲海也活了；眠熟了獸形的濤瀾，又回復了偉大的呼嘯，昂頭搖尾的向着我們朝露染青饅形的小島沖洗，激起了四岸的水沫浪花，震盪着這生命的浮礁，似在報告光明與歡欣之臨在……

　　再看東方 —— 海句力士⑤已經掃蕩了他的阻礙，雀屏似

⑤　海句力士，希臘神話中天神宙斯的兒子，通譯赫拉克勒斯（Herculcs），為大力士。

的金霞，從無垠的肩上產生，展開在大地的邊沿。起……起……用力，用力。純焰的圓顱，一探再探的躍出了地平，翻登了雲背，臨照在天空……

歌唱呀，讚美呀，這是東方之復活，這是光明的勝利……

散髮禱祝的巨人，他的身彩橫亙在無邊的雲海上，已經漸漸的消翳在普遍的歡欣裏；現在他雄渾的頌美的歌聲，也已在霞彩變幻中，普徹了四方八隅……

聽呀，這普徹的歡聲；看呀，這普照的光明！

這是我此時回憶泰山日出時的幻想，亦是我想望泰戈爾來華的頌詞。

印度洋上的秋思

❙ 導讀

　　1922 年 8 月 17 日，徐志摩離別康橋（即劍橋）到達倫敦，準備回國，在 8 月 10 日所作的長詩《康橋再會吧》中，徐志摩表明他此番只是暫時回國，還要重返英倫。9 月初，徐志摩乘日本客貨輪三島號，穿過地中海、印度洋、太平洋，於 10 月 15 日抵達上海。這篇《印度洋上的秋思》就作於回國的途中。

　　中秋之夜，徐志摩漂泊在印度洋之上，一場急雨染出一番秋意，「外來的怨艾」同其內心所「積受的秋思」構合成一種「愁」。這裏「秋思」與「愁思」源出一體，是徐志摩痴戀林徽因，但難卜結果之情緒的鬱結、漫漶、飄移。雨已息，月將出之際，徐志摩回憶起幼時坐等「月華」的稚趣，悵然有所失。終於，明月穿出雲層，徐志摩希冀遍觀人間萬象、獨具慧眼的明月能夠助其清掃內心的陰霾，「凝成高潔情緒的菁華」。海輪行進，月光移轉，徐志摩凝視秋月，不禁又溢出秋思。第三個夜晚，徐志摩遙望秋月，稍微息止內心的翻覆，較為平靜地賞析秋月本身所蘊有的「悲哀的輕靄」和「傳愁的以太」，以及因此傳染給觀者的「灰色的音調」。

　　徐志摩描摹三個夜晚凝望秋月時的物感情思，不拘格式、隨心走筆、心物交融、渾然一體。沈從文曾說：「在寫作上想到下筆

的便利，是以『我』為主，就官能感覺和印象温習來寫隨筆。或向內寫心，或向外寫物，或內外兼寫，由心及物由物及心混成一片。方法上富於變化，包含多，體裁上更不拘文格文式，可以取例作參考的，現代作家中，徐志摩作品似乎最相宜。」（沈從文：《從徐志摩作品學習「抒情」》）這篇《印度洋上的秋思》頗符沈從文對徐志摩散文的評價，也的確是一篇極具創意的現代散文。

　　昨夜中秋。黃昏時西天掛下一大簾的雲母屏，掩住了落日的光潮，將海天一體化成暗藍色，寂靜得如黑衣尼在聖座前默禱。過了一刻，即聽得船梢布篷上悉悉索索啜泣起來，低壓的雲夾着迷濛的雨色，將海線逼得像湖一般窄，沿邊的黑影，也辨認不出是山是雲，但涕淚的痕跡，卻滿佈在空中水上。

　　又是一番秋意！那雨聲在急驟之中，有零落蕭疏的況味，連着陰沉的氣氳，只是在我靈魂的耳畔私語道：「秋！」我原來無歡的心境，抵禦不住那樣溫婉的浸潤，也就開放了春夏間所積受的秋思，和此時外來的怨艾構合，產出一個弱的嬰兒 ——「愁」。

　　天色早已沈黑①，雨也已休止。但方才啜泣的雲，還疏鬆地幕在天空，只露着些慘白的微光，預告明月已經裝束齊整，專等開幕。同時船煙正在莽莽蒼蒼地吞吐，築成一座蟒鱗的長橋，直聯及西天盡處，和船輪泛出的一流翠波白沫，上下對照，留戀西來的蹤跡。

　　北天雲幕豁處，一顆鮮翠的明星，喜孜孜地先來問探消息，像新嫁娘的侍婢，也穿扮得遍體光豔。但新娘依然姍姍未出。

　　我小的時候，每於中秋夜，呆坐在樓窗外等看「月華」。若然天上有雲霧繚繞，我就替「亮晶晶的月亮」擔憂，若然見了魚鱗似的雲彩，我的小心就欣欣怡悅，默禱着

---

① 沈黑，同「沉黑」，「沈」同「沉」。

月兒快些開花，因為我常聽人說只要有「瓦楞」雲，就有月華；但在月光放彩以前，我母親早已逼我去上牀，所以月華只是我腦筋裏一個不曾實現的想像，直到如今。

現在天上砌滿了瓦楞雲彩，霎時間引起了我早年許多有趣的記憶——但我的純潔的童心，如今哪裏去了！

月光有一種神祕的引力。她能使海波咆哮，她能使悲緒生潮。月下的喟息可以結聚成山，月下的情淚可以培時百畝的畹蘭，千莖的紫琳耿。我疑悲哀是人類先天的遺傳，否則，何以我們兒年不知悲感的時期，有時對着一瀉的清輝，也往往淒心滴淚呢？

但我今夜卻不曾流淚。不是無淚可滴，也不是文明教育將我最純潔的本能鋤淨，卻為是感覺了神聖的悲哀，將我理解的好奇心激動，想學契古特白登 ② 來解剖這神祕的「眸冷骨累」。冷的智永遠是熱的情的死仇。他們不能相容的。

但在這樣浪漫的月夜，要來練習冷酷的分析，似乎不近人情，所以我的心機一轉，重復將鋒快的智刃劇起，讓沈醉 ③ 的情淚自然流轉，聽他產生甚麼音樂，讓繾綣的詩魂漫自低回，看他尋出甚麼夢境。

明月正在雲巖中間，周圍有一圈黃色的彩暈，一陣陣的輕靄，在她面前扯過。海上幾百道起伏的銀溝，一齊在微呎淒其的音節，此外不受清輝的波域，在暗中憤憤漲落，不知是怨是慕。

---

② 契古特白登，通譯夏多布里昂（1768—1848），法國浪漫主義作家。

③ 沈醉，同「沉醉」。

　　我一面將自己一部分的情感，看入自然界的現象，一面拿着紙筆，痴望着月彩，想從她明潔的輝光裏，看出今夜地面上秋思的痕跡，希冀她們在我心裏，凝成高潔情緒的菁華。因為她光明的捷足，今夜遍走天涯，人間的恩怨，哪一件不經過她的慧眼呢？

　　印度的 Ganges[④]（埂奇）河邊有一座小村落，村外一個榕絨密繡的湖邊，坐着一對情醉的男女，他們中間草地上放着一尊古銅香爐，燒着上品的水息，那溫柔婉戀的煙篆，沉馥香濃的熱氣，便是他們愛感的象徵——月光從雲端裏輕俯下來，在那女子胸前的珠串上，水息的煙尾上，印下一個慈吻，微哂，重復登上她的雲艇，上前駛去。

　　一家別院的樓上，窗簾不曾放下，幾枝肥滿的桐葉正在玻璃上搖曳鬥趣，月光窺見了窗內一張小蚊牀上紫紗帳裏，安眠着一個安琪兒似的小孩，她輕輕挨進身去，在他溫軟的眼睫上，嫩桃似的腮上，撫摩了一會。又將她銀色的纖指，理齊了他臍圓的額髮，靄然微哂着，又回她的雲海去了。

　　一個失望的詩人，坐在河邊一塊石頭上，滿面寫着幽鬱的神情，他愛人的倩影，在他胸中像河水似的流動，他又不能在失望的渣滓裏榨出些微甘液，他張開兩手，仰着頭，讓大慈大悲的月光，那時正在過路，洗沐他淚腺濕腫的眼眶，他似乎感覺到清心的安慰，立即摸出一管筆，在白衣襟上寫道：

---

④　Ganges，今譯恆河。

月光，

你是失望兒的乳娘！

　　面海一座柴屋的窗櫺裏，望得見屋裏的內容：一張小桌上放着半塊麵包和幾條冷肉，晚餐的剩餘。窗前几上開着一本家用的《聖經》，爐架上兩座點着的燭台，不住地在流淚，旁邊坐着一個縐面⑤駝腰的老婦人，兩眼半閉不閉地落在伏在她膝上悲泣的一個少婦，她的長裙散在地板上像一隻大花蝶。老婦人掉頭向窗外望，只見遠遠海濤起伏，和慈祥的月光在擁抱密吻，她歎了聲氣向着斜照在《聖經》上的月彩囑道：「真絕望了！真絕望了！」

　　她獨自在她精雅的書室裏，把燈火一齊熄了，倚在窗口一架藤椅上，月光從東牆肩上斜瀉下去，籠住她的全身，在花瓶上幻出一個窈窕的倩影，她兩根垂辮的髮梢，她微澹的媚脣，和庭前幾莖高峙的玉蘭花，都在靜謐的月色中微顫，她加她的呼吸，吐出一股幽香，不但鄰近的花草，連月兒聞了，也禁不住迷醉，她腮邊天然的妙渦，已有好幾日不圓滿：她瘦損了。但她在想甚麼呢？月光，你能否將我的夢魂帶去，放在離她三五尺的玉蘭花枝上。

　　威爾斯西境一座礦牀附近，有三個工人，口銜着笨重的煙斗，在月光中閒坐。他們所能想到的話都已講完，但這異樣的月彩，在他們對面的松林，左首的溪水上，平添了不

---

⑤　縐（zhòu）面，即皺面。

可言語比說的嫵媚，惟有他們工餘倦極的眼珠不闔，彼此不約而同今晚較往常多抽了兩斗的煙，但他們礦火熏黑，煤塊擦黑的面容，表示他們心靈的薄弱，在享樂煙斗以外；雖然秋月溪聲的戟刺，也不能有精美情緒之反感。等月影移西一些，他們默默地撲出了一斗灰，起身進屋，各自登牀睡去。月光從屋背飄眼望進去，只見他們都已睡熟；他們即使有夢，也無非礦內礦外的景色！

月光渡過了愛爾蘭海峽，爬上海爾佛林的高峯，正對着靜默的紅潭。潭水凝定得像一大塊冰，鐵青色。四圍斜坦的小峯，全都滿鋪着蟹青和蛋白色的巖片碎石，一株矮樹都沒有。沿潭間有些叢草，那全體形勢，正像一大青碗，現在滿盛了清潔的月輝，靜極了，草裏不聞蟲吟，水裏不聞魚躍；只有石縫裏潛澗瀝淅之聲，斷續地作響，彷彿一座大教堂裏點着一星小火，益發對照出靜穆寧寂的境界，月兒在鐵色的潭面上，倦倚了半晌，重復扱起她的銀舄⑥，過山去了。

昨天船離了新加坡以後，方向從正東改為東北，所以前幾天的船梢正對落日，此後「晚霞的工廠」漸漸移到我們船向的左手來了。

昨夜吃過晚飯上甲板的時候，船右一海銀波，在犀利之中涵有幽祕的彩色，淒清的表情，引起了我的凝視。那放銀光的圓球正掛在你頭上，如其起靠着船頭仰望。她今夜並不十分鮮豔；她精圓的芳容上似乎輕籠着一層藕灰色的薄紗；

---

⑥　舄（xì），鞋子。

輕漾着一種悲喟的音調；輕染着幾痕淚化的露靄。她並不十分鮮豔，然而她素潔溫柔的光線中，猶之少女淺藍妙眼的斜睇；猶之春陽融解在山巔白雲反映的嫩色，含有不可解的迷力，媚態，世間凡具有感覺性的人，只要承沐着她的清輝，就發生也是不可理解的反應，引起隱複的內心境界的緊張，—— 像琴弦一樣，—— 人生最微妙的情緒，軋震生命所蘊藏高潔名貴創現的衝動。有時在心理狀態之前，或於同時，撼動軀體的組織，使感覺血液中突起冰流之冰流，嗅神經難禁之酸辛，內藏洶湧之跳動，淚腺之驟熱與潤濕。那就是秋月興起的秋思 —— 愁。

昨晚的月色就是秋思的泉源，豈止，直是悲哀幽騷俳怨沉鬱的象徵，是季候運轉的偉劇中最神祕亦最自然的一幕，詩藝界最淒涼亦最微妙的一個消息。

今夜月明人盡望，不知秋思在誰家。中國字形具有一種獨一的嫵媚，有幾個字的結構，我看來純是藝術家的匠心：這也是我們國粹之尤粹者之一。譬如「秋」字，已經是一個極美的字形；「愁」字更是文字史上有數的傑作：有石開湖暈，風掃松針的妙處，這一羣點畫的配置，簡直經過柯羅[7]的書篆，米仡朗其羅[8]的雕圭，Chopin[9]的神感；像 —— 用一個科學的比喻 —— 原子的結構，將旋轉宇宙的大力收縮

---

[7] 柯羅（1796—1875），法國畫家。

[8] 米仡朗其羅，通譯米開朗琪羅（1475—1564），意大利文藝復興時的畫家、雕塑家。

[9] Chopin，今譯肖邦（1810—1849），波蘭作曲家、鋼琴家。

成一個無形無蹤的電核；這十三筆造成的象徵，似乎是宇宙和人生悲慘的現象和經驗，咤唶和涕淚，所凝成最純粹精密的結晶，滿充了催迷的祕力。你若然有高蒂閒（Gautier）[⑩] 異超的知感性，定然可以夢到，愁字變形為秋霞黯綠色的通明寶玉，若用銀槌輕擊之，當吐銀色的幽咽電蛇似騰入雲天。

我並不是為尋秋意而看月，更不是為覓新愁而訪秋月；蓄意沉浸於悲哀的生活，是丹德[⑪] 所不許的。我蓋見月而感秋色，因秋窗而拈新愁：人是一簇脆弱而富於反射性的神經！

我重復回到現實的景色，輕裹在雲錦之中的秋月，像一個遍體蒙紗的女郎，她那團圓清朗的外貌像新娘，但同時她羃弦的顏色，那是藕灰，她踟躕的行踵，掩泣的痕跡，又使人疑是送喪的麗姝。所以我曾說：

秋月呀！
我不盼望你團圓。

這是秋月的特色，不論她是懸在落日殘照邊的新鐮，與「黃昏曉」競豔的眉鈎，中宵斗沒西陲的金碗，星雲參差間的銀淋，以至一輪腴滿的中秋，不論盈昃高下，總在原來澄爽明秋之中，遍灑着一種我只能稱之為「悲哀的輕靄」，和「傳愁的以太」。即使你原來無愁，見此也禁不得沾染那

---

⑩ 高蒂閒，今譯戈蒂埃（1811—1872），法國詩人、小說家、評論家、新聞記者。

⑪ 丹德，通譯但丁（1265—1321），意大利詩人，著有《神曲》等。

「灰色的音調」，漸漸興感起來！

　　秋月呀！

　　誰禁得起銀指尖兒

　　浪漫地搔爬呵！

　　不信但看那一海的輕濤，可不是禁不住她玉指的撫摩，
在那裏低徊飲泣呢！就是那：

　　無聊的雲煙，

　　秋月的美滿，

　　熏暖了飄心冷眼，

　　也清冷地穿上了輕縞的衣裳，

　　來參與這

　　美滿的婚姻和喪禮。

　　　　　　　　　　　　　　　　　十月六日

我過的端陽節

◖ 導讀

　　1923 年 6 月 20 日，徐志摩作《我過的端陽節》，初載 1923
年 6 月 24 日《晨報副刊》，又載 1923 年 7 月 9 日上海《時事
新報》副刊《學燈》。英國人視個體為自然界之一分子，與其他
事物同享造化的恩賜，「生氣勃勃的自然主義」可謂是 19 世紀英
國的氣質本源（勃蘭兌斯：《十九世紀文學主流・英國的自然主
義》），實際上，這種強烈而真摯的熱愛自然之情依然被後來的英
國人所傳承。沐習英倫風雨，徐志摩傾倒於英國「自然主義」的
浪漫，並將其當作一種信仰和一種追求。

　　在這篇《我過的端陽節》中，徐志摩指斥「文明人」喪失了
天賦的生命活力，「只是個淒慘的現象」；批駁「文明」助長了人
道的醜化，「只是個荒謬的狀況」。與此相對，他稱頌野獸和下層
勞動者身上葆有的生命強力，推崇未受近代文明侵擾的自在天然。

　　由一己生命活力的衰退，徐志摩聯想到「文明人」的墮落和
「文明」的淪喪，進而倡導敬重生命、膜拜自然，既體現了赤子式
的坦率和摯誠，也凸顯了英國紳士般的風度。

　　我方才從南口回來。天是真熱，朝南的屋子裏都到了九十度①以上，兩小時的火車竟如在火窖中受刑，坐起一樣的難受。我們今天一早在野鳥開唱以前就起身，不到六時就騎騾出發，除了在永陵休息半小時以外，一直到下午一時餘，只是在高度的日光下趕路。我一到家，只覺得四肢的筋肉裏像用細麻繩紮緊似的難受，頭裏的血，像沸水似的急流，神經受了烈性的壓迫，彷彿無數燒紅的鐵條蛇盤似的絞緊在一起……

　　一進陰涼的屋子，只覺得一陣眩暈從頭頂直至踵底，不僅眼前望不清楚，連身子也有些支持不住。我就向着最近的藤椅上癱了下去，兩手按住急顫的前胸，緊閉着眼，縱容內心的混沌，一片黯黃，一片茶青，一片墨綠，影片似的在倦絕的眼膜上扯過……

　　直到洗過了澡，神志方才回復清醒，身子也覺得異常的爽快，我就想了……

　　人啊，你不自己慚愧嗎？

　　野獸，自然的，強悍的，活潑的，美麗的，我只是羨慕你！

　　甚麼是文明人：只是腐敗了的野獸！你若然拿住一個文明慣了的人類，剝了他的衣服裝飾，奪了他作偽的工具——語言文字，把他赤裸裸的放在荒野裏看看——多麼「寒磣」的一個畜生呀！恐怕連長耳朵的小騾兒，都瞧他不起哪！

―――――――――

①　指華氏温度。

白天，狼虎放平在叢林裏睡覺，他躲在樹蔭底下發痧；晚上，清風在樹林中演奏輕微的妙樂，鳥雀兒在巢裏做好夢，他倒在一塊石上發燒咳嗽──着了涼了！

　　也不等狼虎去商量他有限的皮肉，也不必小雀兒去嘲笑他的懦弱；單是他平常歌頌的豔陽與涼風，甘霖與朝露，已夠他的受用：在幾小時之內可使他腦子裏消滅了金錢名譽經濟主義等等的虛景，在一半天之內，可使他心窩裏消滅了人生的情感悲樂種種的幻象，在三兩天之內──如其那時還不曾受淘汰──可使他整個的超出了文明人的醜態，那時就叫他放下兩隻手來替腳平分走路的負擔，他也不以為離奇，抵拚[2]撕破皮肉爬上樹去採果子吃，也不會感覺到體面的觀念……

　　平常見了活潑可愛的野獸，就想起紅燒野味之美，現在你失去了文明的保障，但求彼此平等待遇兩不相犯，已是萬分的僥倖……

　　文明只是個荒謬的狀況；文明人只是個淒慘的現象，──我騎在騾上嚷累叫熱，跟着啞巴的騾夫，比手勢告訴我他整天的跑路，天還不算頂熱，他一路很快活的不時採一朵野花，折一莖麥穗，笑他古怪的笑，唱他啞巴的歌；我們到了客寓喝冰汽水喘息，他路過一條小澗時，撲下去喝一個貼面飽，同行的有一位説：「真的，他們這樣的胡喝，就不會害病，真賤！」

　　② 「拚」，同「拼」。

回頭上了頭等車，坐在皮椅上嚷累叫熱，又是一瓶兩瓶的冰水，還怪嫌車裏不安電扇；同時前面火車頭裏的司機的加煤的，在一百四五十度的高溫裏笑他們的笑，談他們的談……

田裏刈麥 [③] 的農夫拱着棕黑色的裸背在做工，從清早起已經做了八九時的工，熱烈的陽光在他們的皮上像在打出火星來似的，但他們卻不曾嚷腰痠、叫頭痛……

我們不敢否認人是萬物之靈；我們卻能斷定人是萬物之淫；甚麼是現代的文明；只是一個淫的現象。

淫的代價是活力之腐敗與人道之醜化。

前面是甚麼？沒有別的，只是一張黑沉沉的大口，在我們運定的道上張開等着，時候到了把我們整個的吞了下去完事！

六月二十日

---

③ 刈（yì）麥，即割麥。

想 飛

◖ 導讀

　　《想飛》是篇冥想之作，徐志摩「飛」般聯想、「飛」般運筆、「飛」般抒情，使得文章「飛」般多姿，即如阿英所評：徐志摩「用一顆寧靜的心，抓住了一個問題的中心，慢慢地發展開去，而且發展得很遠，甚至把問題的每個細胞，也同樣的加以發展又發展」（阿英：《徐志摩小品序》）。本文作於 1926 年 4 月 14 日至 16 日，載於 1926 年 4 月 19 日《晨報副刊》。

　　徐志摩在深沉的靜謐之中，靈思超脫塵俗，隨着「青天裏」「一點子黑」的移動，隨着飛機的升空，他漸漸找到了「飛」的感覺，他想到了優麗的雲雀之飛，想到了壯美的蒼鷹之飛——他讚賞這種飛。

　　依徐志摩之意，「飛」有多種形式，也有多個層面——有具體的飛，也有抽象的飛。人們本來都具有完整的靈思，但過了孩提時代，現實重重的綁縛，致使靈思難以展翅。然而，人類天生具有脫開綁縛、自由高飛的想望，且徐志摩認為追逐和實現這種想望是人類最大的使命和最大的成功。

　　「想飛」——希望人類擁有永遠的童年，永葆完整的天真——是徐志摩的宿願，是其「詩意的信仰」。可是，這種美好的願望真的能實現嗎？徐志摩陷入了深深的困惑，正當此時，「破碎的浮雲」樣的現實將作者拉出了幻想。

　　假如這時候窗子外有雪 ── 街上，城牆上，屋脊上，都是雪，胡同口一家屋簷下偎着一個戴黑兜帽的巡警，半攏着睡眼，看棉團似的雪花在半空中跳着玩 …… 假如這夜是一個深極了的啊，不是壁上掛鐘的時針指示給我們看的深夜，這深就比是一個山洞的深，一個往下鑽螺旋形的山洞的深……

　　假如我能有這樣一個深夜，它那無底的陰森捻起我遍體的毫管；再能有窗子外不住往下篩的雪，篩淡了遠近間颺動的市謠，篩泯了在泥道上掙扎的車輪，篩滅了腦殼中不妥協的潛流……

　　我要那深，我要那靜。那在樹蔭濃密處躲着的夜鷹輕易不敢在天光還在照亮時出來睜眼。思想，它也得等。

　　青天裏有一點子黑的。正衝着太陽耀眼，望不真，你把手遮着眼，對着那兩株樹縫裏瞧，黑的，有榧子[①] 來大，不，有桃子來大 ── 嘿，又移着往西了！

　　我們吃了中飯出來到海邊去（這是英國康槐爾極南的一角，三面是大西洋）。勛麗麗[②] 的叫響從我們的腳底下勻勻的往上顫，齊着腰，到了肩高，過了頭頂，高入了雲，高出了雲。啊，你能不能把一種急震的樂音想像成一陣光明的細雨，從藍天裏衝着這平鋪着青綠的地面不住的下？不，那雨點都是跳舞的小腳，安琪兒的。雲雀們也吃過了飯，離開了

---

①　榧（fěi）子，香榧的種子，種子有硬殼，仁可以吃。香榧為一種常綠喬木。

②　勛（xù）麗麗，形容聲音清脆絢麗。

牠們卑微的地巢飛往高處做工去。上帝給牠們的工作，替上帝做的工作。瞧着，這兒一隻，那邊又起了兩！一起就衝着天頂飛，小翅膀活動的多快活，圓圓的，不躊躇的飛，──牠們就認識青天。一起就開口唱，小嗓子活動的多快活，一顆顆小精圓珠子直往外唾，亮亮的唾，脆脆的唾，──牠們讚美的是青天。瞧着，這飛得多高，有豆子大，有芝麻大，黑刺刺的一屑，直頂着無底的天頂細細的搖，──這全看不見了，影子都沒了！但這光明的細雨還是不住的下着……

飛。「其翼若垂天之雲……背負蒼天，而莫之夭閼者」[3]；那不容易見着。我們鎮上東關廂外有一座黃泥山，山頂上有一座七層的塔，塔尖頂着天。塔院裏常常打鐘，鐘聲響動時，那在太陽西曬的時候多，一枝豔豔的大紅花貼在西山的鬢邊回照着塔山上的雲彩，──鐘聲響動時，繞着塔頂尖，摩着塔頂天，穿着塔頂雲，有一隻兩隻，有時三隻四隻有時五隻六隻，蜷着爪往地面瞧的「餓老鷹」，撑開了牠們灰蒼蒼的大翅膀沒掛戀似的在盤旋，在半空中浮着，在晚風中泅着，彷彿是按着塔院鐘的波蕩來練習圓舞似的。那是我做孩子時的「大鵬」。有時好天抬頭不見一瓣雲的時候聽着虢憂憂[4]的叫響，我們就知道那是寶塔上的餓老鷹尋食吃來了，這一想像半天裏禿頂圓睛的英雄，我們背上的小翅膀骨上就彷彿豁出了一銼銼鐵刷似的羽毛，搖起來呼呼響的，只

───────────

③　出自《莊子·逍遙遊》。

④　虢（guó）憂憂，形容老鷹的叫聲。

一擺就衝出了書房門，鑽入了玟瑁鑲邊的白雲裏玩兒去，誰耐煩站在先生書桌前晃着身子背早上上的多難背的書！啊，飛！不是那樹枝上矮矮的跳着的麻雀兒的飛；不是那湊天黑從堂區後背衝出來趕蚊子吃的蝙蝠的飛；也不是那軟尾巴軟嗓子做窠在堂簷上的燕子的飛。要飛就得滿天飛，風攔不住雲擋不住的飛，一翅膀就跳過一座山頭，影子下來遮得陰二十畝稻田的飛，到天晚飛倦了就來繞着那塔頂尖順着風向打圓圈做夢……聽說餓老鷹會抓小雞！

飛。人們原來都是會飛的。天使們有翅膀，會飛，我們初來時也有翅膀，會飛。我們最初來就是飛了來的，有的做完了事還是飛了去，他們是可羨慕的。但大多數人是忘了飛的，有的翅膀上掉了毛不長再也飛不起來，有的翅膀叫膠水給膠住了，再也拉不開，有的羽毛叫人給修短了像鴿子似的只會在地上跳，有的拿背上一對翅膀上當鋪去典錢使過了期再也贖不回……真的，我們一過了做孩子的日子就掉了飛的本領。但沒了翅膀或是翅膀壞了不能用是一件可怕的事。因為你再也飛不回去，你蹲在地上呆望着飛不上去的天，看旁人有福氣的一程一程的在青雲裏逍遙，那多可憐。而且翅膀又不比是你腳上的鞋，穿爛了可以再問媽要一雙去，翅膀可不成，折了一根毛就是一根，沒法給補的。還有，單顧着你翅膀也還不定規到時候能飛，你這身子要是不謹慎養太肥了，翅膀力量小再也拖不起，也是一樣難不是？一對小翅膀馱不起一個胖肚子，那情形多可笑！到時候你聽人家高聲的招呼說，朋友，回去吧，趁這天還有紫色的光，你聽他們的翅膀在半空中沙沙的搖響，朵朵的春雲跳過來擁着他們的肩

背，望着最光明的來處翩翩的，冉冉的，輕煙似的化出了你的視域，像雲雀似的只留下一瀉光明的驟雨——「Thou art unseen，but yet I hear thy shrill delight」[5]——那你，獨自在泥塗裏淹着，夠多難受，夠多懊惱，夠多寒傖！趁早留神你的翅膀，朋友。

是人沒有不想飛的。老是在這地面上爬着夠多厭煩，不說別的。飛出這圈子，飛出這圈子！到雲端裏去，到雲端裏去！哪個心裏不成天千百遍的這麼想？飛上天空去浮着，看地球這彈丸在太空裏滾着，從陸地看到海，從海再看回陸地。凌空去看一個明白——這才是做人的趣味，做人的權威，做人的交代。這皮囊要是太重挪不動，就擲了它，可能的話，飛出這圈子，飛出這圈子！

人類初發明用石器的時候，已經想長翅膀。想飛。原人洞壁上畫的四不像，它的背上掮着翅膀；拿着弓箭趕野獸的，他那肩背上也給安了翅膀。小愛神是有一對粉嫩的肉翅的。挨開拉斯（Icarus）[6]是人類飛行史裏第一個英雄，第一次犧牲。安琪兒（那是理想化的人）第一個標記是幫助他們飛行的翅膀。那也有沿革——你看西洋畫上的表現。最初像是一對小精緻的令旗，蝴蝶似的粘在安琪兒們的背上，像真的，不靈動的。漸漸的翅膀長大了，地位安準了，毛羽豐

---

⑤　原文出自雪萊《致雲雀》，大意是「雖然不見形影，卻可以聽得清你歡樂的強音——」。

⑥　挨開拉斯，通譯伊卡洛斯，古希臘神話中的英雄，在追逐太陽時因為蠟製的翅膀被融化，墜海而死。

滿了。畫圖上的天使們長上了真的可能的翅膀。人類初次實現了翅膀的觀念，徹悟了飛行的意義。挨開拉斯閃不死的靈魂，回來投生又投生。人類最大的使命，是製造翅膀；最大的成功是飛！理想的極度，想像的止境，從人到神！詩是翅膀上出世的；哲理是在空中盤旋的。飛：超脫一切，籠蓋一切，掃蕩一切，吞吐一切。

你上那邊山峯頂上試去，要是度不到這邊山峯上，你就得到這萬丈的深淵裏去找你的葬身地！「這人形的鳥會有一天試他第一次的飛行，給這世界驚駭，使所有的著作讚美，給他所從來的棲息處永久的光榮。」啊達文謇 [7]！

但是飛？自從挨開拉斯以來，人類的工作是製造翅膀，還是束縛翅膀？這翅膀，承上了文明的重量，還能飛嗎？都是飛了來的，還都能飛了回去嗎？鉗住了，烙住了，壓住了，──這人形的鳥會有試他第一次飛行的一天嗎？……

同時天上那一點子黑的已經迫近在我的頭頂，形成了一架鳥形的機器，忽的機沿一側，一球光直往下注，砰的一聲炸響，──炸碎了我在飛行中的幻想，青天裏平添了幾堆破碎的浮雲。

一九二六年四月十四日至十六日

[7]　達文謇，通譯達‧芬奇，意大利文藝復興時期的藝術家、科學家。

嬰兒

導讀

　　1924年秋，出於對學生們枯悶生活的同情，徐志摩應邀在北京師範大學做了題為《落葉》的講演，講演稿後刊在1924年12月1日《晨報六週年紀念增刊》上。此講演伊始，徐志摩着重強調「感情」的重要，他認為「感情，先天的與後天的，是一種線索，一種經緯，把原來分散的個體織成有文章的整體」，並且「感情」將供給人心活動進取的力量。接着，他指斥當時社會的混亂不堪，提倡通過個體蛻新來使社會改換新顏，並宣讀自作的長詩以集中表抒他的想法。

　　徐詩分為「毒藥」、「白旗」、「嬰兒」三節。在「毒藥」節中，徐志摩發抒了對醜惡的世道人心的氣憤；在「白旗」節中，徐志摩倡導自我懺悔以回復天性；在「嬰兒」節中，徐志摩真切細緻地描寫懷有美好憧憬的產婦在嬰兒誕生過程中的忍耐、抵抗、奮鬥，藉此喻意瀕臨絕望邊沿的中華民族奮起革新，開創一個光榮的新時代。在這一理想的實現中，徐志摩認為還需要精神力量的支撐，於是談及他感觸頗深的俄國革命和日本抗震，號召年輕人發動感情的力量，積極進取。

　　徐志摩執信「感情」具有無限的力量，認為「人道的同情的纖維」就能合成「強有力的繩索」，從而修補、網織出一個嶄新

的社會。可以説，這是一種蘊有詩性浪漫的理想，即如穆木天所評：「《落葉》諸篇是充滿着浪漫蒂克的自白，充滿着康橋時代的憧憬」（穆木天：《徐志摩論》）。

我們要盼望一個偉大的事實出現，我們要守候一個馨香的嬰兒出世：—— 你看他那母親在她生產的牀上受罪！

她那少婦的安詳、柔和、端麗，現在在劇烈的陣痛裏變形成不可信的醜惡：你看她那遍體的筋絡都在她薄嫩的皮膚底裏暴漲着，可怕的青色與紫色，像受驚的水青蛇在田溝裏急泅似的，汗珠粘在她的前額上像一顆顆的黃豆，她的四肢與身體猛烈的抽搐着，畸屈着，奮挺着，糾旋着，彷彿她墊着的蓆子是用針尖編成的，彷彿她的帳圍是用火焰織成的；一個安詳的，鎮定的，端莊的，美麗的少婦，現在在陣痛的殘酷裏變形成魔鬼似的可怖：她的眼，一時緊緊的闔着，一時巨大的睜着，她那眼，原來像冬夜池潭裏反映着的明星，現在吐露着青黃色的兇焰，眼睛像燒紅的炭火，映射出她靈魂最後的奮鬥，她的原來朱紅色的口脣，現在像是爐底的冷灰，她的口顫着，撅着，扭着，死神的熱烈的親吻不容許她一息的平安，她的髮是散披着，橫在口邊，漫在胸前，像揪亂的麻絲，她的手指間緊抓着幾穗擰下來的亂髮；這母親在她生產的牀上受罪：——

但她還不曾絕望，她的生命掙扎着血與肉與骨與肢體的纖微，在危崖的邊沿上，抵抗着，搏鬥着死神的逼迫；她還不曾放手，因為她知道（她的靈魂知道！），這苦痛不是無因的，因為她知道她胎宮裏孕育着一點比她自己更偉大的生命的種子，包涵着一個比一切更永久的嬰兒。

因為她知道這苦痛是嬰兒要求出世的徵候，是種子在泥土裏爆裂成美麗的生命的消息，是她完成她自己生命的使命的時機。

　　因為她知道忍耐是有結果的，在她劇痛的昏瞀 ① 中，她彷彿聽着上帝准許人間祈禱的聲音，她彷彿聽着天使們讚美未來的光明的聲音。

　　因此她忍耐着，抵抗着，奮鬥着⋯⋯ 她抵拚繃斷她統體的纖微，她要贖出在她那胎宮裏動盪的生命，在她一個完全、美麗的嬰兒出世的盼望中，最銳利、最沉酣的痛感逼成了最銳利、最沉酣的快感⋯⋯

一九二四年九月

---

① 瞀（mào），目眩的意思。

謁見哈代的一個下午

◀ 導讀

　　1928 年 1 月 11 日，哈代去世。1928 年 3 月 10 日，在《新月》月刊創刊號上，徐志摩發文《湯麥士哈代》、《謁見哈代的一個下午》（文後附錄《哈代的著作略述》和《哈代的悲觀》），作詩《哈代》，譯哈代詩《對月》、《一個星期》等以作紀念。

　　1925 年歐遊時，徐志摩預定拜訪三位文豪 —— 丹農雪烏（即意大利作家鄧南遮）、羅曼・羅蘭和哈代，拜訪前兩者的願望落空後，他便決意無論如何要見到哈代。7 月 10 日，徐志摩便前往道騫司德拜訪哈代，此行終於沒有告空，《謁見哈代的一個下午》就是徐志摩調撥記憶而彈奏的朝拜英雄的精神典儀。

　　文章第一節，徐志摩引入當年慕而未見時想像中的哈代形象，即一個六十年不斷用「心」作「眼」體察人類情感和自然景象，並結晶為真純經驗的大藝術家。徐志摩想像的哈代一方面引起讀者的渴慕，一方面也給讀者留下了懸念 —— 哈代真是這樣嗎？

　　文章第二節，徐志摩先插入他拜謁哈代的緣起，亦即出於「英雄崇拜」而想見不凡之人，接着敍寫謁見的整個過程，鮮活地繪出了一個真實的哈代，不僅形貌舉止別具個性，甚至連送客的方式都獨出一格。由此，一代文化巨擘古怪奇異的性格被生動地呈現了出來。

一

「如其你早幾年，也許就是現在，到道騫司德的鄉下，你或許碰得到《裘德》①的作者，一個和善可親的老者，穿着短褲便服，精神颯爽的，短短的臉面，短短的下頦，在街道上閒暇的走着，招呼着，答話着，你如其過去問他衞撒克士小說②裏的名勝，他就欣欣的從詳指點講解；回頭他一揚手，已經跳上了他的自行車，按着車鈴，向人叢裏去了。我們讀過他著作的，更可以想像這位貌不驚人的聖人，在衞撒克士廣大的，起伏的草原上，在月光下，或在晨曦裏，深思地徘徊着。天上的雲點，草裏的蟲吟，遠處的隱約的人聲都在他靈敏的神經裏印下不磨的痕跡；或在殘敗的古堡裏拂拭乳石上的苔青與網結；或在古羅馬的舊道上，冥想數千年前銅盔鐵甲的騎兵曾經在這日光下駐蹤；或在黃昏的蒼茫裏，獨倚在枯老的大樹下，聽前面鄉村裏的青年男女，在笛聲琴韻裏，歌舞他們節會的歡欣；或在濟茨③或雪萊或史文龐④的遺跡，悄悄的追懷的他們藝術的神奇……在他的眼裏，像在高蒂閒（Theophiie Gautier）⑤的眼裏，這看得見的世界是活着的；在他的『心眼』（The Inward Eye）裏，像在他

————

① 裘德，哈代的長篇小說《無名的裘德》。

② 衞撒克士，通譯威塞克斯，哈代的很多作品都是以英國西南部威塞克斯廣大地區為背景的，所以稱為威塞克斯小說。

③ 濟茨，通譯濟慈（1795—1821），英國浪漫主義詩人。

④ 史文龐，通譯史文朋（1837—1809），英國詩人。

⑤ 高蒂閒，通譯戈蒂埃（1811—1872），法國詩人。

最服膺的華茨華士⑥的心眼裏，人類的情感與自然的景象是相聯合的；在他的想像裏，像在所有大藝術家的想像裏，不僅偉大的史跡，就是眼前最瑣小最暫忽的事實與印象，都有深奧的意義，平常人所忽略或竟不能窺測的。從他那六十年不斷的心靈生活，——觀察、考量、揣度、印證，——從他那六十年不懈不弛的真純經驗裏，哈代，像春蠶吐絲製繭似的抽繹他最微妙最桀傲的音調，紡織他最縝密最經久的詩歌——這是他獻給我們可珍的禮物。」

二

上文是我三年前慕而未見時半自想像半自他人傳述寫來的哈代。去年七月在英國時，承狄更生⑦先生的介紹，我居然見到了這位老英雄，雖則會面不及一小時，在余小子已算是莫大的榮幸，不能不記下一些蹤跡。我不諱我的「英雄崇拜」。山，我們愛踹高的；人，我們為甚麼不願意接近大的？但接近大人物正如爬高山，往往是一件費勁的事；你不僅得有熱心，你還得有耐心。半道上力乏是意中事，草間的刺也許拉破你的皮膚，但是你想一想登臨危峯時的愉快！真怪，山是有高的，人是有不凡的！我見曼殊斐兒⑧，比方説，只不過二十分鐘模樣的談話，但我怎麼能形容我那時在美的神奇的啟示中的全生震盪？

---

⑥　華茨華士，通譯華茲華斯（1770—1850），英國浪漫主義詩人。

⑦　狄更生，英國學者，曾任劍橋大學國王學院教授。

⑧　曼殊斐兒，通譯曼斯菲爾德（1888—1923），英國女小説家。

我與你雖僅一度相見——

但那二十分不死的時間！⑨

　　果然，要不是那一次巧合的相見，我這一輩子就永遠見不着她——會面後不到六個月她就死了。自此我益發堅持我英雄崇拜的勢利，在我有力量能爬的時候，總不教放過一個「登高」的機會。我去年到歐洲完全是一次「感情作用的旅行」；我去是為泰戈爾，順便我想去多瞻仰幾個英雄。我想見法國的羅曼羅蘭，意大利的丹農雪烏⑩，英國的哈代。但我只見着了哈代。

　　在倫敦時對狄更生先生說起我的願望，他說那容易，我給你寫信介紹，老頭精神真好，你小心他帶了你到道騫斯德林子裏去走路，他彷彿是沒有力乏的時候似的！那天我從倫敦下去到道騫斯德，天氣好極了，下午三點過到的。下了站我不坐車，問了 Max Gate⑪ 的方向，我就欣欣的走去。他家的外園門正對一片青碧的平壤，綠到天邊，綠到門前；左側遠處有一帶綿延的平林。進園徑轉過去就是哈代自建的住宅，小方方的壁上滿爬着藤蘿。有一個工人在園的一邊剪草，我問他哈代先生在家不，他點一點頭，用手指門。我拉了門鈴，屋子裏突然發一陣狗叫聲，在這寧靜中聽得怪尖銳的，接着一個白紗抹頭的年輕下女開門出來。

⑨　此兩句詩出自徐志摩詩歌《哀曼殊斐兒》。

⑪　即馬克斯門·哈代晚年生活在多塞斯特郡郊區的住宅裏。

「哈代先生在家，」她答我的問，「但是你知道哈代先生是『永遠』不見客的。」

我想糟了。「慢着，」我説，「這裏有一封信，請你給遞了進去。」「那末請候一候。」她拿了信進去又關上了門。

她再出來的時候臉上堆着最俊俏的笑容。「哈代先生願意見你，先生，請進來。」多俊俏的口音！「你不怕狗嗎，先生。」她又笑了。「我怕。」我説。「不要緊，我們的梅雪就叫，她可不咬，這兒生客來得少。」

我就怕狗的襲來！戰兢兢的進了門，進官廳，下女關門出去，狗還不曾出現，我才放心。壁上掛着沙琴德（John Sargeant）[12]的哈代畫像，一邊是一張雪萊的像，書架上記得有雪萊的大本集子，此外陳設是樸素的，屋子也低，暗沉沉的。

我正想着老頭怎麼會這樣喜歡雪萊，倆人的脾胃相差夠多遠，外面樓梯上一陣急促的腳步聲和狗鈴聲下來，哈代推門進來了。我不知他身材實際多高，但我那時站着平望過去，最初幾乎沒有見他，我的印象是他是一個矮極了的小老頭兒。我正要表示我一腔崇拜的熱心，他一把拉了我坐下，口裏連着説「坐坐」，也不容我説話彷彿我的「開篇」辭他早就有數，連着問我，他那急促的一頓頓的語調與乾澀的蒼老的口音，「你是倫敦來的？」「狄更生是你的朋友？」「他

---

[12] 沙琴德，通譯約翰・薩金特（1856—1925），意大利裔的美國畫家，晚年在倫敦定居。

好？」「你譯我的詩？」「你怎麼翻的？」「你們中國詩用韻
不用？」前面那幾句問話是用不着答的（狄更生信上說起
我翻他的詩），所以他也不等我答話，直到末一句他才收住
了。坐着也是奇矮，也不知怎的，我自己只顯得高，私下不
由躊躇，似乎在這天神面前我們凡人就在身材上也不應分佔
先似的！（啊，你沒見過蕭伯納——這比下來你是個螞蟻！）
這時候他斜着坐，一隻手擱在台上頭微微低着，眼往下看，
頭頂全禿了，兩邊腦角上還各有一鬃也不全花的頭髮；他的
臉盤粗看像是一個尖角往下的等邊形三角，兩顴像是特別
寬，從寬濃的眉尖直掃下來的束住在一個短促的下巴尖；他
的眼不大，但是深凹的，往下看的時候多，不易看出顏色與
表情。最特別的，最「哈代的」，是他那口連着兩旁鬆鬆往
下墮的夾腮皮。如其他的眉眼只是憂鬱的深沉，他的口腦的
表情分明是厭倦與消極。不，他的臉是怪，我從不曾見過這
樣耐人尋味的臉。他那上半部，禿的寬廣的前頰，着髮的頭
角，你看了覺得好玩，正如一個孩子的頭，使你感覺一種天
真的趣味，但愈往下愈不好看，愈使你覺得難受，他那皺紋
龜駁的臉皮正使你想起蒼老的巖石，雷電的猛烈，風霜的侵
凌，雨溜的剝蝕，苔蘚的沾染，蟲鳥的斑斕，甚麼時間與空
間的變幻都在這上面遺留着痕跡！你知道他是不抵抗的，忍
受的，但看他那下頰，誰說這不泄露他的怨毒，他的厭倦，
他的報復性的沉默！他不露一點笑容，你不易相信他與我們
一樣也有嘻笑的本能。正如他的脊背是傾向傴僂，他面上的
表情也只是一種不勝壓迫的傴僂。喔哈代！

　　回講我們的談話。他問我們中國詩用韻不。我說我們

從前只有韻的散文，沒有無韻的詩，但最近⋯⋯但他不要
聽最近，他讚成用韻，這道理是不錯的。你投塊石子到湖
心裏去，一圈圈的水紋漾了開去，韻是波紋。少不得，抒情
詩 Lyric 是文學的精華的精華。顛不破的鑽石，不論多小。
磨不滅的光彩。我不重視我的小說。甚麼都沒有做好的小詩
難〔他背了莎士比亞「Tell me where is Fancy bred」[13]，朋瓊
生（Ben Jonson）的「Drink to me only with thine eyes」[14] 高
興的說了〕，我說我愛他的詩因它們不僅結構嚴密像建築，
同時有思想的血脈在流走，像有機的整體。我說了 Organic[15]
這個字；他重複說了兩遍：「Yes Organic, yes Organic: A
poem ought to be a living thing」[16]，練習文字頂好學寫詩；很
多人從學詩寫好散文，詩是文學的祕密。

　　他沉思了一晌。「三十年前有朋友約我到中國去。他是
一個教士。我的朋友，叫莫爾德，他在中國住了五十年，他
回英國來時每回說話先想起中文再翻英文的！他中國甚麼都
知道，他請我去，太不便了，我沒有去。但是你們的文字是
怎麼一回事？難極了不是？為甚麼你們不丟了它，改用英文
或法文，不方便嗎？」哈代這話駭住了我。一個最認識各種
語言的天才的詩人要我們丟掉幾千年的文字！我與他辯難了

---

[13]　莎士比亞這句話的含義是「請告訴我幻想從何處誕生」。

[14]　朋瓊生通譯本·瓊生，這句話的意思是「請用你的眼睛為我乾杯」。

[15]　譯為「有機的」。

[16]　譯為「是的，有機的，是的，有機的：一首詩應該是一個活生生的東
　　　西」。

一晌，幸巧他也沒有堅持。

說起我們共同的朋友。他又問起狄更生的近況，說他真是中國的朋友。我說我明天到康華爾去看羅素。誰？羅素？他沒有加案語。我問起勃倫騰（Edmund Blunden）[17]，他說他從日本有信來，他是一個詩人。講起麥雷（John M. Murry）[18]他起勁了。「你認識麥雷？」他問。「他就住在這兒道騫斯德海邊，他買了一所古怪的小屋子，正靠着海，怪極了的小屋子，甚麼時候那可以叫海給吞了去似的。他自己每天坐一部破車到鎮上來買菜。他是有能幹的。他會寫。我也見過他從前的太太曼殊斐兒？他又娶了，你知道不？我說給你聽麥雷的故事。曼殊斐兒死了，他悲傷得很，無聊極了，他辦了他的報（我怕他的報維持不了），還是悲傷。好了，有一天有一個女的投稿幾首詩，麥雷覺得有意思，寫信叫她去看他，她去看他，一個年輕的女子，兩人說投機了，就結了婚，現在大概他不悲傷了。」

他問我那晚到那裏去。我說到 Exeter[19] 看教堂去，他說好的。他就講建築、他的本行[20]。我問你小說裏常有建築師，有沒有你自己的影子？他說沒有。這時候梅雪出去了又回來，咻咻的爬在我的身上亂抓。哈代見我有些窘，就站起來

---

⑰　勃倫騰，通譯布倫登（1896—1974），英國詩人，曾在日本教書。

⑱　麥雷，通譯默里（1889—1956），英國批評家、編輯，曾是曼斯菲爾德的同居男友。

⑲　埃克塞特，歷史名城。

⑳　哈代早年學過建築，因此說建築是他的本行。

呼開梅雪，同時說我們到園裏去走走吧，我知道這是送客的意思。我們一起走出門繞到屋子的左側去看花，梅雪搖着尾巴咻咻的跟着。我說哈代先生，我遠道來你可否給我一點小紀念品。他回頭見我手裏有照相機，他趕緊他的步子急急的說，我不愛照相，有一次美國人來給了我很多的麻煩，我從此不叫來客照相，——我也不給我的筆跡（Autograph），你知道？他腳步更快了，微僂着背，腿微向外彎一擺一擺的走着，彷彿怕來客要強搶他甚麼東西似的！「到這兒來，這兒有花，我來採兩朵花給你做紀念好不好？」他俯身下去到花壇裏去採了一朵紅的一朵白的遞給我：「你暫時插在衣襟上吧，你現在趕六點鐘車剛好，恕我不陪你了，再會，再會——來，來，梅雪，梅雪……」老頭揚了揚手，徑自進門去了。

　　奢刻的老頭，茶也不請客人喝一盅！但誰還不滿足，得着了這樣難得的機會？往古的達文騫[21]、莎士比亞、葛德[22]、拜倫，是不回來了的；——哈代！多遠多高的一個名字！方才那頭禿禿的背彎彎的腿屈屈的，是哈代嗎？太奇怪了！那晚有月亮，離開哈代五個鐘頭以後，我站在哀克剌脫[23]教堂的門前玩弄自身的影子，心裏充滿着神奇。

---

[21]　達文騫，即達‧芬奇。

[22]　葛德，即歌德。

[23]　哀克剌脫，即上文提到的 Exeter（埃克塞特）。

「迎上前去」

◀ 導讀

　　徐志摩久有辦刊的願望，但因種種原因，辦刊一事始終未得以落實。應《晨報》主編陳博生和黃子美之邀，從 1925 年 10 月 1 日起，徐志摩開始主編《晨報副刊》。10 月 1 日，徐志摩在他主編的《晨報副刊》第一期上發文《我為甚麼來辦我想怎麼辦》，表述他的辦刊設想。緊接着，10 月 5 日，在他主編的第二期《晨報副刊》上，他發表了《「迎上前去」》，此文可謂是徐志摩蛻新自我、激勵自我，勇敢肩起社會責任、干預現實的慷慨宣言。

　　徐志摩聞見也切身感受到在生命的十字架，尤其是思想的十字架重壓下，現實人生的變形。而他希圖解除生命所受的種種負壓，恢復生命原本的純美。他謙稱自己沒有學問、不懂科學、缺乏閱歷，只是個「極平常的人」，但靈魂是自由無羈、樂觀昂揚、敢於冒險的，「不懷疑陽光與青天與善的實在」，堅定「尋求光明的決心」，要改變對人生的態度，融入現實世界，重新做人，認真做事。

　　實際上，此時的徐志摩，因社會、個人（他同陸小曼姻緣受阻）等種種因素，悲憤鬱悶，但他決意執編《晨報副刊》，想藉以挑戰時代，尋求真正的思想，滌除腐舊的觀念。關於此事，林徽因也曾記敍道：「我也記得我初聽到人家找你辦《晨報副刊》時我

的焦急，但你居然板起個臉抓起兩把鼓槌子為文藝吹打開路乃至
於掃地，鋪鮮花，不顧舊勢力的非難，新勢力的懷疑，你幹你的
事，『事在人為，做了再說』那股子勁，以後別處也還很少見。」
（林徽因：《紀念志摩去世四週年》）

這回我不撒謊，不打隱謎，不唱反調，不來烘托；我要說幾句至少我自己信得過的話，我要痛快的招認我自己的虛實，我願意把我的花押在這張供狀的末尾。

我要求你們大量的容許，准我在我第一天接手《晨報副刊》的時候，介紹我自己，解釋我自己，鼓勵我自己。

我相信真的理想主義者是受得住眼看他往常保持着的理想煨成灰，碎成斷片，爛成泥，在這灰、這斷片、這泥的底裏，他再來發現他更偉大、更光明的理想。我就是這樣的一個。

只有信生病是榮耀的人們才來不知恥的高聲嚷痛；這時候他聽着有腳步聲，他以為有幫助他的人向着他來，誰知是他自己的靈性離了他去！真有志氣的病人，在不能自己豁脫苦痛的時候，寧可死休，不來忍受醫藥與慈善的侮辱。我又是這樣的一個。

我們在這生命裏到處碰頭失望，連續遭逢「幻滅」，頭頂只見烏雲，地下滿是黑影，同時我們的年歲、病痛、工作、習慣，惡狠狠的壓上我們的肩背，一天重似一天，在無形中嘲諷的呼喝着，「倒，倒，你這不量力的蠢才！」因此你看這滿路的倒屍，有全死的，有半死的，有爬着掙扎的，有默無聲息的⋯⋯嘿！生命這十字架，有幾個人扛得起來？

但生命還不是頂重的擔負，比生命更重實更壓得死人的是思想那十字架。人類心靈的歷史裏能有幾個天成的孟賁烏

獲[1]？在思想可怕的戰場上我們就只有數得清有限的幾具光榮的屍體。

我不敢非分的自誇；我不夠狂，不夠妄。我認識我自己力量的止境，但我卻不能制止我看了這時候國內思想界萎癟現象的憤懣與羞惡。我要一把抓住這時代的腦袋，問它要一點真思想的精神給我看看 —— 不是借來的兌來的冒來的描來的東西，不是紙糊的老虎，搖頭的傀儡，蜘蛛網幕面的偶像；我要的是筋骨裏迸出來，血液裏激出來，性靈裏跳出來，生命裏震盪出來的真純的思想。我不來問他要，是我的懦怯；他拿不出來給我看，是他的恥辱。朋友，我要你選定一邊，假如你不能站在我的對面，拿出我要的東西來給我看，你就得站在我這一邊，幫着我對這時代挑戰。

我預料有人笑罵我的大話。是的，大話。我正嫌這年頭的話太小了，我們得造一個比小更小的字來形容這年頭聽着的說話，寫下印成的文字；我們得請一個想像力細緻如史魏夫脫（Dean Swift）[2]的來描寫那些說小話的小口，說尖話的尖嘴。一大羣的食蟻獸！他們最大的快樂是忙着他們的尖喙在泥土裏墾尋細微的螞蟻。螞蟻是吃不完的，同時這可笑的尖嘴卻益發不住的向尖的方向進化，小心再隔幾代連螞蟻這食料都顯太大了！

---

① 孟賁、烏獲皆為戰國時期的大力士。

② 史魏夫脫，通譯斯威夫特（1667—1745），英國傑出的諷刺作家，代表作為《格列佛遊記》。

我不來談學問，我不配，我書本的知識是真的十二分的有限。年輕的時候我唸過幾本極普通的中國書，這幾年不但沒有知新，溫故都說不上，我實在是固陋，但我卻抱定孔子的一句名言「知之為知之，不知為不知，是知也」，決不來強不知以為知；我並不看不起國學與研究國學的學者，我十二分尊敬他們，只是這部分的工作我只能豔羨的看他們去做，我自己恐怕不但今天，竟許這輩子都沒希望參加的了。外國書呢？看過的書雖則有幾本，但是真說得上「我看過的」能有多少，說多一點，三兩篇戲，十來首詩，五六篇文章，不過這樣罷了。

　　科學我是不懂的，我不曾受過正式的訓練，最簡單的物理化學，都說不明白，我要是不預備就去考中學校，十分裏有九分是落第，你信不信？天上我只認識幾顆大星，地上幾棵大樹，這也不是先生教我的；從先生那裏學來的，十幾年學校教育給我的，究竟有些甚麼，我實在想不起，說不上，我記得的只是幾個教授可笑的嘴臉與課堂裏強烈的催眠的空氣。

　　我人事的經驗與知識也是同樣的有限，我不曾做過工；我不曾嚐味過生活的艱難，我不曾打過仗，不曾坐過監，不曾進過甚麼祕密黨，不曾殺過人，不曾做過買賣，發過一個大的財。

　　所以你看，我只是個極平常的人，沒有出人頭地的學問，更沒有非常的經驗。但同時我自信我也有我與人不同的地方。我不曾投降這世界，我不受它的拘束。

　　我是一隻沒籠頭的野馬，我從來不曾站定過。我人是

在這社會裏活着，我卻不是這社會裏的一個，像是有離魂病似的，我這軀殼的動靜是一件事，我那夢魂的去處又是一件事。我是一個傻子，我曾經妄想在這流動的生活裏發現一些不變的價值，在這打謊的世上尋出一些不磨滅的真，在我這靈魂的冒險是生命核心裏的意義；我永遠在無形的經驗的巉巖上爬着。

冒險──痛苦──失敗──失望，是跟着來的，存心冒險的人就得打算他最後的失望；但失望卻不是絕望，這分別很大。我是曾經遭受失望的打擊，我的頭是流着血，但我的脖子還是硬的；我不能讓絕望的重量壓住我的呼吸，不能讓悲觀的慢性病侵蝕我的精神，更不能讓厭世的惡質染黑我的血液。厭世觀與生命是不可並存的；我是一個生命的信徒，起初是的，今天還是的，將來我敢說也是的。我決不容忍性靈的頹唐，那是最不可救藥的墮落，同時卻繼續軀殼的存在；在我，單這開口說話，提筆寫字的事實，就表示後背有一個基本的信仰，完全的沒破綻的信仰；否則我何必再做甚麼文章，辦甚麼報刊？

但這並不是說我不感受人生遭遇的痛創；我決不是那童呆性的樂觀主義者；我決不來指着黑影說這是陽光，指着雲霧說這是青天，指着分明的惡說這是善；我並不否認黑影、雲霧與惡，我只是不懷疑陽光與青天與善的實在；暫時的掩蔽與侵蝕，不能使我們絕望，這正應得加倍的激動我們尋求光明的決心。前幾天我覺着異常懊喪的時候無意中翻着尼采的一句話，極簡單的幾個字卻涵有無窮的意義與強悍的力量，正如天上星斗的縱橫與山川的經緯，在無聲中

暗示你人生的奧義，袪除你的迷惘，照亮你的思路，他說「受苦的人沒有悲觀的權利」（The sufferer has no right to pessimism），我那時感受一種異樣的驚心，一種異樣的徹悟：──

　　我不辭痛苦，因為我要認識你，上帝；
　　我甘心，甘心在火焰裏存身，
　　到最後那時辰見我的真，
　　見我的真，我定了主意，上帝，再不遲疑！

　　所以我這次從南邊回來，決意改變我對人生的態度，我寫信給朋友說這要來認真做一點「人的事業」了。──

　　我再不想成仙，蓬萊不是我的分；
　　我只要這地面，情願安分的做人。

　　在我這「決心做人，決心做一點認真的事業」，是一個思想的大轉變；因為先前我對這人生只是不調和不承認的態度，因此我與這現世界並沒有甚麼相互的關係，我是我，它是它，它不能責備我，我也不來批評它。但這來我決心做人的宣言卻就把我放進了一個有關係，負責任的地位，我再不能張着眼睛做夢，從今起得把現實當現實看：我要來察看，我要來檢查，我要來清除，我要來顛撲，我要來挑戰，我要來破壞。

　　人生到底是甚麼？我得先對我自己給一個相當的答

案。人生究竟是甚麼？為甚麼這形形色色的，紛擾不清的現象——宗教、政治、社會、道德、藝術、男女、經濟？我來是來了，可還是一肚子的不明白，我得慢慢的看古玩似的，一件件拿在手裏看一個清切再來説話，我不敢保證我的話一定在行，我敢擔保的只是我自己思想的忠實；我前面説過我的學識是極淺陋的，但我卻並不因此自餒，有時學問是一種束縛，知識是一層障礙，我只要能信得過我能看的眼，能感受的心，我就有我的話説；至於我説的話有沒有人聽，有沒有人懂，那是另外一件事，我管不着了——「有的人身死了才出世的」，誰知道一個人有沒有真的出世一天？

是的，我從今起要迎上前去！生命第一個消息是活動，第二個消息是搏鬥，第三個消息是決定；思想也是的，活動的下文就是搏鬥。搏鬥就包含一個搏鬥的對象，許是人，許是問題，許是現象，許是思想本體。一個武士最大的期望是尋着一個相當的敵手，思想家也是的，他也要一個可以較量他充分的力量的對象。「攻擊是我的本性。」一個哲學家説，「要與你的對手相當——這是一個正直的決鬥的第一個條件。你心存鄙夷的時候你不能搏鬥。你佔上風，你認定對手無能的時候你不應當搏鬥。我的戰略可以約成四個原則：——第一，我專打正佔勝利的對象——在必要時我暫緩我的攻擊，等他勝利了再開手；第二，我專打沒有人打的對象，我這邊不會有助手，我單獨的站定一邊——在這搏鬥中我難為的只是我自己；第三，我永遠不來對人的攻擊——在必要時我只拿一個人格當顯微鏡用，借它來顯出某種普遍的，但卻隱遁不易蹤跡的惡性；第四，我攻擊某

事物的動機，不包含私人嫌隙的關係，在我攻擊是一個善意的，而且在某種情況下，感恩的憑證。」

這位哲學家的戰略，我現在僭引作我自己的戰略，我盼望我將來不至於在搏鬥的沉酣中忽略了預定的規律，萬一疏忽時我懇求你們隨時提醒。我現在戴我的手套去！

秋

導讀

　　從 1929 年上半年起，徐志摩在上海光華大學任教，並兼任中華書局編輯，從下半年起，還在南京中央大學執教。在此期間，徐志摩曾被某些學校邀去做講演，1929 年秋，他受邀在上海暨南大學做了一次演講，演講稿後被題名為《秋》。

　　徐志摩坦言沒有精神輝光映照的現實生活，無法將「思想」、「感情」、「人格」有機地串聯成一個系統，這樣的生活令他感到窒悶，同時也促使他反思時代的病因。在他看來，根本原因在於思想出了故障，無法擔負起「總指揮」的職責，結果引發了「混亂」、「變態」和「一切標準的顛倒」等症候，終於導致「生命的枯窘」或「活力的衰耗」；反過來，「活力的單薄」也將加劇喪失「思想的重心」。因此，徐志摩認為「過度文明的人種」應當回復到「生命的本源」上來重新汲取成長的動力，而每個個體則應當通過「多多接近自然」來滋養心靈、啟發靈感。

　　在《秋》裏，徐志摩「依然是主張把過度文明的人種帶回到生命的本源上。他主張人多接近自然。一方來補充開鑿過多分的士民階級，一方極力把教育的機會推廣到健全的農民階級裏。打破階級界限及省分界限，獎勵階級間的通婚。不過這一種理想，是不是可以實現的呢？這種對於士民和農民的關心，是表明着詩

人徐志摩的 Simple faith 之所由來了」（穆木天：《徐志摩論》）。
徐志摩的「Simple faith」可謂是一種赤子般的政治理想，單純美
好卻難以落實，但徐志摩身上所凸顯的中國知識分子的淑世精神
依然值得讚歎。

　　兩年前，在北京，有一次，也是這麼一個秋風生動的日子，我把一個人的感想比作落葉，從生命那樹上掉下來的葉子。落葉，不錯，是衰敗和凋零的象徵，它的情調幾乎是悲哀的。但是那些在半空裏飄搖，在街道上顛倒的小樹葉兒，也未嘗沒有它們的嫵媚，它們的顏色，它們的意味，在少數有心人看來，它們在這宇宙間並不是完全沒有地位的。「多謝你們的摧殘，使我們得到解放，得到自由。」它們彷彿對無情的秋風説，「勞駕你們了，把我們踹成粉，蹂成泥，使我們得到解脱，實現消滅。」它們又彷彿對不經心的人們這麼説。因為看着，在春風回來的那一天，這叫卑微的生命的種子又會從冰封的泥土裏翻成一個新鮮的世界。它們的力量，雖則是看不見，可是不容疑惑的。

　　我那時感着的沉悶，真是一種不可形容的沉悶。它彷彿是一座大山，我整個的生命叫它壓在底下。我那時的思想簡直是毒的，我有一首詩，題目就叫《毒藥》，開頭的兩行是——

　　今天不是，我歌唱的日子，我口邊涎着獰惡的冷笑，不是我説笑的日子，我胸懷間插着發冷光的刀劍；

　　相信我，我的思想是惡毒的，因為這世界是惡毒的，我的靈魂是黑暗的，因為太陽已經滅絕了光彩，我的聲調，像是墳堆裏的夜梟，因為人間已經殺盡了一切的和諧，我的口音，像是冤鬼責問他的仇人，因為一切的恩已經讓路給一切的怨。

我藉這一首不成形的咒詛的詩，發泄了我一腔的悶氣，但我卻並不絕望，並不悲觀，在極深刻的沉悶的底裏，我那時還摸着了希望。所以我在《嬰兒》——那首不成形詩的最後一節——那詩的後段，在描寫一個產婦在她生產的受罪中，還能含有希望的句子。

　　在我那時帶有預言性的想像中，我想望着一個偉大的革命。因此我在那篇《落葉》的末尾，我還有勇氣來對付人生的挑戰，鄭重地宣告一個態度，高聲的喊一聲「Everlasting Yea」，借用兩個有力量的外國字——「Everlasting Yea」。

　　「Everlasting Yea」，「Everlasting Yea」，一年，一年，又過去了兩年。這兩年間我那時的想望有實現了沒有？那偉大的「嬰兒」有出世了沒有？我們的受罪取得了認識與價值沒有？

　　我不知道，我不知道。我知道的還只是那一大堆醜陋的蠻腫的沉悶，壓得癮人的沉悶，籠蓋着我的思想，我的生命。它在我的經絡裏，在我的血液裏。我不能抵抗，我再沒有力量。

　　我們靠着維持我們生命的不僅是麵包，不僅是飯，我們靠着活命的，用一個詩人的話，是情愛、敬仰心、希望。「We live by love, admiration and hope」這話又包涵一個條件，就是說這世界這人類是能承受我們的愛，值得我們的敬仰，容許我們的希望的。但現代是甚麼光景？人性的表現，我們看得見聽得到的，到底是怎樣回事？我想我們都不是外人，用不着掩飾，實在也無從掩飾，這裏沒有甚麼人性的表現，除了醜惡、下流、黑暗。太醜惡了，我

們火熱的胸膛裏有愛不能愛，太下流了，我們有敬仰心不能敬仰，太黑暗了，我們要希望也無從希望。

太陽給天狗吃了去，我們只能在無邊的黑暗中沉默着，永遠的沉默着！這彷彿是經過一次強烈的地震的悲慘，思想、感情、人格，全給震成了無可收拾的斷片，也不成系統，再也不得連貫，再也沒有表現。但你們在這個時候要我來講話，這使我感到一種異樣的難受。難受，因為我自身的悲慘。難受，尤其因為我感到你們的邀請不止是一個尋常講演的邀請，你們來邀我，當然不是要甚麼現成的主義，那我是外行，也不為甚麼專門的學識，那我是草包，你們明知我是一個詩人，他的家當，除了幾座空中的樓閣，至多只是一顆熱烈的心。你們邀我來也許在你們中間也有同我一樣感到這時代的悲哀，一種不可解脫不可擺脫的況味，所以邀我這同是這悲哀沉悶中的同志來，希冀萬一，可以給你們打幾個幽默的比喻，說一點笑話，給一點子安慰，有這麼小小的一半個時辰，彼此可以在同情的溫暖中忘卻了時間的冷酷。因此我躊躇，我來怕沒有交代，不來又於心不安。我也曾想選幾個離着實際的人生較遠些的事兒來和你們談談，但是相信我，朋友們，這念頭是枉然的，因為不論你思想的起點是星光是月是蝴蝶，只一轉身，又逢着了人生的基本問題，冷森森的豎着像是幾座攔路的墓碑。

不，我們躲不了它們：關於這時代人生的問號，小的、大的、歪的、正的，像蝴蝶的繞滿了我們的周遭。正如在兩年前它們逼迫我宣告一個堅決的態度，今天它們還是逼迫

着要我來表示一個堅決的態度。也好，我想，這是我再來清理一次我的思想的機會，在我們完全沒有能力解決人生問題時，我們只能承認失敗。但我們當前的問題究竟是些甚麼？如其它們有力量壓倒我們，我們至少也得抬起頭來認一認我們敵人的面目。再說譬如醫病，我們先得看清是甚麼病而後用藥，才可以有希望治病。說我們是有病，那是無可置疑的。但病在哪一部，最重要的徵候是甚麼，我們卻不一定答得上。至少，各人有各人的答案，決不會一致的。就說這時代的煩悶：煩悶也不能憑空來的不是？它也得有種種造成它的原因，它到底是怎麼回事，我們也得查個明白。換句話說，我們先得確定我們的問題，然後再試第二步的解決。也許在分析我們的病症的研究中，某種對症的醫法，就會不期然的顯現。我們來試試看。

說到這裏，我們可以想像一班樂觀派的先生們冷眼的看着我們好笑。他們笑我們無事忙，談甚麼人生，談甚麼根本問題，人生根本就沒有問題，這都是那玄學鬼鑽進了懶惰人的腦筋裏在那裏不相干的搞玄虛來了！做人就是做人，重在這做字上。你天性喜歡工業，你去找工程事情做去就得。你愛談整理國故，你尋你的國故整理去就得。工作，更多的工作，是唯一的福音。把你的腦力精神一齊放在你願意做的工作上，你就不會輕易發揮感傷主義，你就不會無病呻吟，你只要盡力去工作，甚麼問題都沒有了。

這話初聽到是又生辣又乾脆的，本來末，有甚麼問題，做你的工好了，何必自尋煩惱！但是你仔細一想的時候，這明白曉暢的福音還是有漏洞的。固然這時代很多的呻吟只是

懶鬼的裝病，或是虛幻的想像，但我們因此就能說這時代本來是健全的，所謂病痛所謂煩惱無非是心理作用了嗎？固然當初德國有一個大詩人，他的偉大的天才使他在甚麼心智的活動中都找到趣味，他在科學實驗室裏工作得厭倦了，他就跑出來帶住一個女性就發迷，西洋人說的「跌進了戀愛」；回頭他又厭倦了或是失戀了，只一感到煩惱，或悲哀的壓迫，他又趕快飛進了他的實驗室，關上了門，也關上了他自己的感情的門，又潛心他的科學研究去了。在他，所謂工作確是一種救濟，一種關欄，一種調劑，但我們怎能比得？我們一班青年感情和理智還不能分清的時候，如何能有這樣偉大的克制的工夫？所以我們還得來研究我們自身的病痛，想法可能的補救。

並且這工作論是實際上不可能的。因為假如社會的組織，果然能容得我們各人從各人的心願選定各人的工作並且有機會繼續從事這部分的工作，那還不是一個黃金時代？「民各樂其業，安其生。」還有甚麼問題可談的？現代是這樣一個時候嗎？商人能安心做他的生意，學生能安心讀他的書，文學家能安心做他的文章嗎？正因為這時代從思想起，甚麼事情都顛倒了，混亂了，所以才會發生這普通的煩悶病，所以才有問題，否則認真吃飽了飯沒有事做，大家甘心自尋煩惱不成？

我們來看看我們的病症。

第一個顯明的症候是混亂。一個人羣社會的存在與進行是有條件的。這條件是種種體力與智力的活動的和諧的合作，在這諸種活動中的總線索，總指揮，是無形跡可尋的思

想，我們簡直可以説哲理的思想，它順着時代或領着時代規定人類努力的方面，並且在可能時給它一種解釋，一種價值的估定與意義的發見。思想是一個使命，是引導人類從非意識的以至無意識的活動進化到有意識的活動，這點子意識性的認識與覺悟，是人類文化史上最光榮的一種勝利，也是最透徹的一種快樂。果然是這部分哲理的思想，統轄得住這人羣社會全體的活動，這社會就上了正軌：反面説，這部分思想要是失去了它那總指揮的地位，那就壞了，種種體力和智力的活動，就隨時隨地有發生衝突的可能，這重心的抽去是種種不平衡現象主要的原因。現在的中國就吃虧在沒有了這個重心，結果甚麼都豁了邊，都不合適了。我們這老大國家，説也可慘，在這百年來，根本就沒有思想可説。從安逸到寬鬆，從寬鬆到怠惰，從怠惰到着忙，從着忙到瞎閙，從瞎閙到混亂，這幾個形容詞我想可以概括近百年來中國的思想史，——簡單説，它完全放棄了總指揮的地位。沒有了統繫，沒有了目標，沒有了和諧，結果是現代的中國：一團混亂。

混亂，混亂，哪兒都是的。因為思想的無能，所以引起種種混亂的現象，這是一步。再從這種種的混亂，更影響到思想本體，使它也傳染了這混亂。好比一個人因為身體軟弱才受外感，得了種種的病，這病的蔓延又回過來銷蝕病人有限的精力，使他變成更軟弱了，這是第二步。經濟，政治，社會，哪兒不是蹀躞，哪兒不是混亂？這影響到個人方面是理智與感情的不平衡，感情不受理智的節制就是意氣，意氣永遠是浮的，淺的，無結果的；因為意氣佔了上風，結果是

錯誤的活動。為了不曾辨認清楚的目標，我們的文人變成了政客，研究科學的，做了非科學的官，學生拋棄了學問的尋求，工人做了野心家的犧牲。這種種混亂現象影響到我們青年是造成煩悶心理的原因的一個。

這一個徵候 —— 混亂 —— 又過渡到第二個徵候 —— 變態。甚麼是人羣社會的常態？人羣是感情的結合。雖則盡有好奇的思想家告訴我們人是互殺互害的，或是人的團結是基本於怕懼的本能，雖則就在有秩序上軌道的社會裏，我們也看得見惡性的表現，我們還是相信社會的紀綱是靠着積極的情感來維繫的。這是說在一常態社會的天平上，情愛的分量一定超過仇恨的分量，互助的精神一定超過互害互殺的現象。但在一個社會沒有了負有指導使命的思想的中心的情形之下，種種離奇的變態的現象，都是可能的產生了。

一個社會不能供給正當的職業時，它即使有嚴厲的法令，也不能禁止盜匪的橫行。一個社會不能保障安全，獎勵恆業恆心，結果原來正當的商人，都變成了拿妻子生命財產來做買空賣空的投機家。我們只要翻開我們的日報：就可以知道這現代的社會是常態是變態。籠統一點說，他們現在只有兩個階級可分，一個是執行恐怖的主體，強盜、軍隊、土匪、綁匪、政客、野心的政治家，所有得勢的投機家都是的，他們實行的，不論明的暗的，直接間接都是一種恐怖主義。還有一個是被恐怖的。前一階級永遠拿着殺人的利器或是類似的東西在威嚇着，壓迫着，要求滿足他們的私慾，後一階級永遠是在地上爬着，發着抖，喊救命，這不是變態嗎？這變態的現象表現在思想上就是種種

荒謬的主義離奇的主張。籠統說，我們現在聽得見的主義主張，除了平庸不足道的，大都是計算領着我們向死路上走的。這不是變態嗎？

這種種變態現象影響到我們青年，又是造成煩悶心理的原因的一個。

這混亂與變態的觀眾又協同造成了第三種的現象——一切標準的顛倒。人類的生活的條件，不僅僅是衣食住；「人之異於禽獸者幾希」，我們一講到人道，就不能脫離相當的道德觀念。這比是無形的空氣，他的清鮮是我們健康生活的必要條件。我們不能沒有理想，沒有信念，我們真生命的寄託決不在單純的衣食間。我們崇拜英雄！廣義的英雄——因為在他們事業上所表現的品性裏，我們可以感到精神的滿足與靈感，鼓動我們更高尚的天性，勇敢的發揮人道的偉大。你崇拜你的愛人，因為她代表的是女性的美德。你崇拜當代的政治家，因為他們代表的是無私心的努力。你崇拜思想家，因為他們代表的是尋求真理的勇敢。這崇拜的涵義就是標準。時代的風尚儘管變遷，但道義的標準是永遠不動搖的。這些道義的準則，我們問時代要求的是隨時給我們這些道義準則的一個具體的表現。彷彿是在渺茫的人生道上給懸着幾顆照路的明星。但現在給我們的是甚麼？我們何嘗沒有熱烈的崇拜心？我們何嘗不在這一件事那一件事上，或是這一個人物那一個人物的身上安放過我們迫切的期望。但是，但是，還用我說嗎！有哪一件事不使我們重大的迷惑，失望，悲傷？說到人的方面，哪有比普遍的人格的破產更可悲悼的？在不知哪一種魔鬼主義的秋風裏，我們眼見我

們心目中的偶像敗葉似的一個個全掉了下來！眼見一個個道義的標準，都叫醜惡的人性給沾上了不可清洗的污穢！標準是沒有了的。這種種道德方面人性方面顛倒的現象，影響到我們青年，又是造成煩悶心理的原因的一個。

跟着這種種症候還有一個驚心的現象，是一般創作活動的消沉，這也是當然的結果。因為文藝創作活動的條件是和平有秩序的社會狀態，常態的生活，以及理想主義的根據。我們現在卻只有混亂、變態，以及精神生活的破產。這彷彿是拿毒藥放進了人生的泉源，從這裏流出來的思想，哪還有甚麼真善美的表現？

這時代病的症候是說不盡的，這是最複雜的一種病，但單就我們上面說到的幾點看來，我們似乎已經可以採得一點消息，至少我個人是這麼想。——那一點消息就是生命的枯窘，或是活力的衰耗。我們所以得病是為我們生活的組織上缺少了思想的重心，它的使命是領導與指揮。但這又為甚麼呢？我的解釋，是我們這民族已經到了一個活力枯窘的時期。生命之流的本身，已經是近於乾涸了；再加之我們現得的病，又是直接克伐生命本體的致命症候，我們怎麼能受得住？這話可又講遠了，但又不能不從本原上講起。我們第一要記得我們這民族是老得不堪的一個民族。我們知道甚麼東西都有它無限的壽命；一種樹只能青多少年，過了這期限就得衰，一種花也只能開幾度花，過此就為死（雖則從另一個看法，它們都是永生的，因為它們本身雖得死，它們的種子還是有機會繼續發長）。我們這棵樹在人類的樹林裏，已經算得是壽命極長的了。我們的血統比較又是純粹的，就連我

們的近鄰西藏滿蒙的民族都等於不和我們混合。還有一個特點是我們歷來因為四民制的結果，士之子恆為士，商之子恆為商，思想這任務完全為士民階級的專利，又因為經濟制度的關係，活力最充足的農民簡直沒有機會讀書，因此士民階級形成了一種孤單的地位。我們要知道知識是一種墮落，尤其從活力的觀點看，這士民階級是特別墮落的一個階級，再加之我們舊教育觀念的偏窄，單就知識論，我們思想本能活動的範圍簡直是荒謬的狹小。我們只有幾本書，一套無生命的陳腐的文學，是我們唯一的工具。這情形就比是本來是一個海灣，和大海是相通的，但後來因為沙地的脹起，這一灣水漸漸的隔離它所從來的海，而變成了湖。這湖原先也許還承受得着幾股山水的來源，但後來又經過陵谷的變遷，這部分的來源也斷絕了，結果這湖又乾成一隻小潭，乃至一小潭的止水，長滿了青苔與萍梗，純遲遲的眼看得見就可以完全乾涸了去的一個東西。這是我們受教育的士民階級的相仿情形。現在所謂智識階級亦無非是這潭死水裏比較泥草鬆動些風來還多少吹得縐的一窪臭水，別瞧它矜矜自喜，可憐它能有多少前程？還能有多少生命？

所以我們這病，雖則症候不止一種，雖然看來複雜，歸根只是中醫所謂氣血兩虧的一種本原病。我們現在所感覺的煩悶，也只見沉浸在這一窪離死不遠的臭水裏的氣悶，還有甚麼可說的？水因為不流所以滋生了水草，這水草的漲性，又幫助浸乾這有限的水。同樣的，我們的活力因為斷絕了來源，所以發生了種種本原性的病症，這些病又回過來侵蝕本原，幫助消盡這點僅存的活力。

病性既是如此，那不是完全絕望了嗎？

那也不能這麼容易。一棵大樹的凋零，一個民族的衰歇，決不是一朝一夕的事兒。我們當然還是要命。只是怎麼要法，是我們的問題。我說過我們的病根是在失去了思想的重心，那又是原因於活力的單薄。在事實上，我們這讀書階級形成了一種極孤單的狀況，一來因為階級關係它和民族裏活力最充足的農民階級完全隔絕了，二來因為畸形教育以及社會的風尚的結果，它在生活方面是極端的城市化、腐化、奢侈化、惰化，完全脫離了大自然健全的影響變成自蝕的一種蛀蟲，在智力活動方面，只偏向於纖巧的淺薄的詭辯的乃至於程式化的一道，再沒有創造的力量的表示，漸次的完全失去了它自身的尊嚴以及統轄領導全社會活動的無上的權威。這一沒有了統帥，種種紊亂的現象就都跟着來了。

這畸形的發展是值得尋味的。一方面你有你的讀書階級，中了過度文明的毒，一天一天往腐化僵化的方向走，但你卻不能否認它智力的發達，只因為道義標準的顛倒以及理想主義的缺乏，它的活動也全不是在正理上。就說這一堂的翩翩年少 —— 尤其是文化最發旺的江浙的青年，十個應有九個是弱不禁風的。但問題還不全在體力的單薄，尤其是智力活動本身是有了病，它只有毒性的載刺，沒有健全的來源，沒有天然的滋養。纖巧的新奇的思想不是我們需要的，我們要的是從豐滿的生命與強健的活力裏流露出來純正的健全的思想，那才是有力量的思想。

同時我們再看看佔我們民族十分之八九的農民階級。他們生活的簡單，腦筋的簡單，感情的簡單，意識的疏淺，

文化的定位，幾於使他們形成一種僅僅有生物作用的人類。他們的肌肉是發達的，他們是能工作的，但因為教育的不普及，他們智力的活動簡直的沒有機會，結果按照生物學的公例，因無用而退化，他們的腦筋簡直不行的了。鄉下的孩子當然比城市的孩子不靈，粗人的子弟當然比不上書香人的子弟，這是一定的。

但我們現在為救這文化的性命，非得趕快就有健全的活力來補充我們受足了過度文明的毒的讀書階級不可。也有人說這讀書階級是不可救藥的了，希望如其有，是在我們民族裏還未經開化的農民階級。我的意思是我們應得利用這部分未開鑿的精力來補充我們開鑿過分的士民階級。講到實施，第一得先打破這無形的階級界限以及省分界限。通婚和婚是必要的，比較的說，廣東、湖南乃至北方人比江浙人健全得多，鄉下人比城裏人健全得多，所以江浙人和北方人非得盡量的通婚，城市人非得與農人盡量的通婚不可。但是這話說着容易，實際上是極困難的。講到結婚，誰願意放棄自身的豔福，為的是渺茫的民族的前途上，哪一個翩翩的少年甘心放着窈窕風流的江南女郎不要，而去鄉村裏找粗蠢的大姑娘作配，誰肯不就近結識血統逼近的姨妹表妹乃至於同學妹，而肯遠去異鄉到口音不相通的外省人中間去尋配偶？這是難的，我知道。但希望並不見完全沒有 —— 這希望完全是在教育上。第一我們得趕快認清這時代病無非是一種本原病，甚麼混亂的變態的現象，都無非顯示生命的缺乏，這種種病，又都就是直接克伐生命的，所以我們為要文化與思想的健全，不能不想方法開通路子，使這幾窪孤立的呆定的死

水重復得到天然泉水的接濟，重復靈活起來，一切的障礙與淤塞自然會得消滅 —— 思想非得直接從生命的本體裏熱烈的迸裂出來才有力量，才是力量。這過度文明的人種非得帶它回到生命的本源上去不可，它非得重新生過根不可。按着這個目標，我們在教育上就不能不極力推廣教育的機會到健全的農民階級裏去，同時獎勵階級間的通婚。假如國家的力量可以干涉個人婚姻的話，我們盡可以用強迫的方法叫你們這些翩翩的少年都去娶鄉下大姑娘子，而同時把我們窈窕風流的女郎去嫁給農民做媳婦。況且誰都知道，我們現在擇偶的標準本身就是不健全的。女人要嫁給金錢、奢侈、虛榮、女性的男子；男人的口味也是同樣的不妥當。甚麼都是不健全的，喔，這毒氣充塞的文明社會！在我們理想實現的那一天，我們這文化如其有救的話，將來的青年男女一定可以兼有士民與農民的特長，體力與智力得到均平的發展，從這類健全的生命樹上，我們可以盼望吃得着美麗鮮甜的思想的果子！

至於我們個人方面，我也有一部分的意見，只是今天時光局促了怕沒有機會發揮，但總結一句話，我們要認清我們是甚麼病，這病毒是在我們一個個你我的身體上，血液裏，無容諱言的，只要我們不認錯了病多少總有辦法。我的意見是要多多接近自然，因為自然是健全的純正的影響，這裏面有無窮盡性靈的滋養與啟發與靈感。這完全靠我們各個自覺的修養。我們先得要立志不做時代和時光的奴隸，我們要做我們思想和生命的主人，這暫時的沉悶決不能壓倒我們的理想，我們正應得感謝這深刻的沉悶，因為在這裏，我們才

感悟着一些自度的消息，如我方才說的，我們還是得努力，我們還是得堅持，我們的態度是積極的。正如我兩年前《落葉》的結束是喊一聲 Everlasting Yea，我今天還是要你們跟着我來喊一聲 Everlasting Yea！

一九二九年　秋

上海暨南大學講演稿

「這是風颳的」

◖ **導讀**

　　《「這是風颳的」》作於 1926 年 4 月 8 日，刊載於 1926 年 4 月 10 日《晨報副刊》。世事變遷，光陰無情，哀樂的人生、紛紜的世事大多被光陰之「風」颳走了，徐志摩深切地感受到了人生的惆悵。然而，他相信曾經的過往總會在心弦上留下一絲不滅的痕跡，並且會因某個線索的牽引而發生微顫。

　　徐志摩認為這種「心弦上的微顫」是個體心靈中難以釋懷的永久記憶，是過往人事瑰麗的結晶，是葆有活力的藝術因子，是不會被「風」颳去的珍貴的人生體驗。從曼殊斐兒及其作品中，徐志摩覺知到人生短暫但精神永久，曼殊斐兒雖然故去了，但是作品保留了她「心弦上的微顫」。

　　在徐志摩看來，喧囂塵世往往使「心弦上的微顫」在轉瞬間逝去，故而每個人都應當注意留存那可遇不可求的一點「輕妙」，因為正是那一點「輕妙」將個體引入了充裕着「愛」、「自由」和「美」的靈境。

　　在《「這是風颳的」》中，徐志摩「使散文具詩的精靈，融化美與醜劣句子，使想像徘徊於星光與污泥之間，同時，屬於詩所專有，而又為當時新詩所缺乏的音樂韻律的流動，加於散文內」（沈從文：《論徐志摩的詩》），可謂是他「自己的另創一格的詩的散文」（趙家璧：《寫給飛去了的志摩》）。

本來還想「剖」下去，但大風颳得人眉眼不得清靜，別想出門，家裏坐着温温舊情吧。今天（四月八日）是泰戈爾先生的生日，兩年前今晚此時，阿瓊達的臂膀正當着鄉村的晚鐘聲裏把契玦臘圍抱進熱戀的中心去，——多靜穆多熱烈的光景呀！[①]

但那晚台上與台下的人物都已星散，兩年內的變動真數得上！

那晚臉上搽着脂粉頭頂着顫巍巍的紙金帽裝「春之神」的五十老人林宗孟[②]，此時變了遼河邊無骸可託無家可歸的一個野鬼；我們的「契玦臘」在萬里外過心碎難堪的日子；銀鬚紫袍的竺震旦[③]在他的老家裏病牀上呻吟衰老（他上月二十三來電給我説病好些）；扮跑龍套一類的蔣百里將軍[④]在湘漢間亡命似的奔波，我們的「阿瓊達」又似乎回復了他十二年「獨身禁慾」的誓約，每晚對着西天的暮靄發他神祕的夢想；就這不長進的「愛之神」依舊在這京塵裏悠悠自得，但在這大風夜默念光陰無情的痕跡，也不免滴淚悵觸！

①　阿瓊達、契玦臘和下文「春之神」、「愛之神」均為泰戈爾的劇作《契玦臘》中的角色。這裏敍述的是 1924 年 5 月泰戈爾訪華期間，新月社同人演出《契玦臘》一劇的情形，扮演阿瓊達王子的是張欲海，扮演契玦臘的是林徽因，「春之神」的扮演者是林長民，「愛之神」的扮演者是徐志摩。

②　林宗孟，即林長民，林徽因的父親，民國時期社會活動家、文學家。

③　竺震旦，泰戈爾的中文名。

④　蔣百里將軍（1882—1938），國民黨高級將領，錢學森的岳父，其女為我國著名音樂家蔣英。

「這是風颳的」！風颳散了天上的雲，颳亂了地上的土，颳爛了樹上的花 —— 它怎能不同時颳滅光陰的痕跡？惆悵是人生，人生是惆悵。

啊，還有那四年前彭德街十號[5]的一晚：

「那二十分不死的時間！」

美如仙慧如仙的曼殊斐兒，她也完了；她的骨肉此時有芳丹薄羅[6]林子裏的紅嘴蟲兒在徐徐的消受！麥雷，她的丈夫，早就另娶，還能記得她嗎？

這是風颳的！曼殊斐兒是在澳洲雪德尼[7]地方生長的，她有個弟弟，她最心愛的，在第一年歐戰時從軍不到一星期就死了，這是她生時最傷心的一件事。她的日記裏有很多記念她愛弟極沉痛的記載。她的小說大半是追寫她早年在家鄉時的情景；她的弟弟的影子，常常在她的故事裏搖晃着。下面這篇《颶風》裏的「寶健」就是，我信。

曼殊斐兒文筆的可愛，就在輕妙 —— 和風一般的輕妙，不是大風像今天似的，是遠處林子裏吹來的微喟，蛺蝶似的掠過我們的鬢髮，撩動我們的輕衣，又落在初蕊的丁香林中小憩，繞了幾個彎，不提防的又在爛漫的迎春花堆裏

---

⑤　彭德街十號是曼殊斐兒在倫敦的住所，曼殊菲爾即曼斯菲爾德，見前文註。

⑥　芳丹薄羅，通譯楓丹白露，巴黎遠郊的一處風景區。曼斯菲爾德 1922 年 1 月 9 日死於該地。

⑦　雪德尼，通譯悉尼。其實曼斯菲爾德的出生地不是悉尼，而是新西蘭的惠靈頓。

飛了出來，又到我們口角邊惹刺一下，翹着尾巴歇在屋簷上的喜鵲「怯」的一聲叫了，風兒它已經沒了影蹤。不，它去是去了，它的餘痕還在着，許永遠會留着：丁香花枝上的微顫，你心弦上的微顫。

但是你得留神，難得這點子輕妙的，別又叫這年生的風給颳了去！

四月八日　深夜

醜西湖

◖ **導讀**

　　1926 年 7 月初，徐志摩離京南下，在上海、硤石、杭州、臨安等地遊玩一個多月，於八月初回京。回京後作《南行雜記》兩篇，其一為《醜西湖》，其二為《勞資問題》。這篇《醜西湖》作於 1926 年 8 月 7 日，載於 1926 年 8 月 9 日《晨報副刊》。

　　西湖名聞天下，但徐志摩遊玩後卻抒發了滿腹的牢騷，如西湖被過度放養，湖水「簡直是一鍋腥臊的熱湯」；沿湖的景觀被破壞，平湖秋月不再清靜，樓外樓也失去了昔日的雅趣等。徐志摩崇尚自然的和諧，反對人工的斧鑿，因此，在他看來，人為的「俗化」致使西湖喪失了原本秀麗的風姿。

　　風景的美醜有時也緣於心境的喜哀。1923 年秋，徐志摩暢遊西湖，在《志摩日記·西湖記》中曾記敍此段經歷，大加讚賞西湖風光的旖旎可人，如在 10 月 23 日的日記中他寫道：「我形容中秋的西湖，捨不了一個『嫩』字」。情隨事遷，1926 年夏天，徐志摩與陸小曼戀情發展受阻，他的心境頗為不好，內心的焦慮、不安觸景愈加漫漶，甚至生出了淒涼的況味，如在此期間他曾作有「秋雨橫斜秋風緊」、「有人獨立悵空溟」的詩句。而徐志摩與陸小曼如願結合之後，1927 年二人同遊西湖，徐志摩眼裏的西湖風光又是無限的明媚。

「欲把西湖比西子，淡妝濃抹總相宜。」我們太把西湖看理想化了。夏天要算是西湖濃妝的時候，堤上的楊柳綠成一片濃青，裏湖一帶的荷葉荷花也正當滿豔，朝上的煙霧，向晚的晴霞，哪樣不是現成的詩料，但這西姑娘你愛不愛？我是不成，這回一見面我回頭就逃！甚麼西湖這簡直是一鍋腥臊的熱湯！

西湖的水本來就淺，又不流通，近來滿湖又全養了大魚，有四五十斤的，把湖裏裊裊婷婷的水草全給咬爛了，水混不用說，還有那魚腥味兒頂叫人難受。說起西湖養魚，我聽得有種種的說法，也不知哪樣是內情：有說養魚甘脆[①]是官家謀利，放着偌大一個魚沼，養肥了魚打了去賣不是頂現成的；有說養魚是為預防水草長得太放肆了怕塞滿了湖心，也有說這些大魚都是大慈善家們為要延壽或是求子或是求財源茂健特為從別地方買了來放生在湖裏的，而且現在打魚當官是不准。不論怎麼樣，西湖確是變了魚湖了。六月以來杭州據說一滴水都沒有過，西湖當然水淺得像個乾血癆的美女，再加那腥味兒！今年南方的熱，說來我們住慣北方的也不易信，白天熱不說，通宵到天亮也不見放鬆，天天大太陽，夜夜滿天星，節節高的一天暖似一天。杭州更比上海不堪，西湖那一窪淺水用不到幾個鐘頭的曬就離滾沸不遠甚麼，四面又是山，這熱是來得去不得，一天不發大風打陣，這鍋熱湯，就永遠不會涼。我那天到了晚上才僱了條船遊

① 甘脆，即「乾脆」。

湖，心想比岸上總可以涼快些。好，風不來還熬得，風一來可真難受極了，又熱又帶腥味兒，真叫人發眩作嘔，我同船一個朋友當時就病了，我記得紅海裏兩邊的沙漠風都似乎較為可耐些！夜間十二點我們回家的時候都還是熱虎虎^②的。還有湖裏的蚊蟲！簡直是一羣羣的大水鴨子！我一生定就活該。

　　這西湖是太難了，氣味先就不堪。再說沿湖的去處，本來頂清淡宜人的一個地方是平湖秋月，那一方平台，幾棵楊柳，幾折迴廊，在秋月清澈的涼夜去坐着看湖確是別有風味，更好在去的人絕少，你夜間去總可以獨佔，喚起看守的人來泡一碗清茶，沖一杯藕粉，和幾個朋友閒談着消磨他半夜，真是清福。我三年前一次去有琴友有笛師，躺平在楊樹底下看揉碎的月光，聽水面上翻響的幽樂，那逸趣真不易。西湖的俗化真是一日千里，我每回去總添一度傷心：雷峯^③也羞跑了，斷橋折成了汽車橋，哈得^④在湖心裏造房子，某家大少爺的汽油船在三尺的柔波裏興風作浪，工廠的煙替代了出岫的霞，大世界以及甚麼舞台的鑼鼓充當了湖上的啼鶯，西湖，西湖，還有甚麼可留戀的！

_____

② 　熱虎虎，即「熱乎乎」。

③ 　雷峯，即西湖邊上的雷峯塔，建於宋開寶八年（975），1924 年 9 月 25 日倒坍。2002 年於原址重建。

④ 　哈得，通譯哈同（1847—1931），猶太人，後入英國籍。1974 年到上海，從事商業投機活動，後成為有名的富翁。曾任上海法租界公董局董事及公共租界工部局董事。

這回連平湖秋月也給糟蹋了，你信不信？

「船家，我們到平湖秋月去，那邊總還清靜。」

「平湖秋月？先生，清靜是不清靜的，格歇開了酒館，酒館着實鬧忙哩，你看，望得見的，穿白衣服的人多煞勒睏，扇子□得活血血的，還有唱唱的，十七八歲的姑娘，聽聽看——是無錫山歌哩，胡琴都蠻清爽的……」

那我們到樓外樓 ⑤ 去吧。誰知樓外樓又是一個傷心！原來樓外樓那一樓一底的舊房子斜斜的對着湖心亭，幾張揩抹得發白光的舊桌子，一兩個上年紀的老堂倌，活絡絡的魚蝦，滑齊齊的蓴菜，一壺遠年，一碟鹽水花生，我每回到西湖往往偷閒獨自跑去領略這點子古色古香，靠在闌干上從堤邊楊柳蔭裏望灩灩的湖光，晴有晴色，雨雪有雨雪的景致，要不然月上柳梢時意味更長，好在是不鬧，晚上去也是獨佔的時候多，一邊喝着熱酒，一邊與老堂倌隨便講講湖上風光，魚蝦行市，也自有一種說不出的愉快。但這回連樓外樓都變了面目！地址不曾移動，但翻造了三層樓帶屋頂的洋式門面，新漆亮光光的刺眼，在湖中就望見樓上電扇的疾轉，客人鬧盈盈的擠着，堂倌也換了，穿上西崽的長袍，原來那老朋友也看不見了，甚麼閒情逸趣都沒有了！我們沒辦法，移一個桌子在樓下馬路邊吃了一點東西，果然連小菜都變了，真是可傷。泰戈爾來看了中國，發了很大的感慨。他說：「世界上再沒有第二個民族像你們這樣蓄意的製造醜惡

---

⑤　樓外樓，杭州一家有名的飯館，在西湖孤山腳下。

的精神。」怪不過老頭牢騷，他來時對中國是怎樣的期望（也許是詩人的期望），他看到的又是怎樣一個現實！狄更生[6]先生有一篇絕妙的文章，是他遊泰山以後的感想，他對照西方人的俗與我們的雅，他們的唯利主義與我們的閒暇精神。他說只有中國人才真懂得愛護自然，他們在山水間的點綴是沒有一點辜負自然的；實際上他們處處想法子增添自然的美，他們不容許煞風景的事業。他們在山上造路是依着山勢迴環曲折，鋪上本山的石子，就這山道就饒有趣味，他們寧可犧牲一點便利。不願斫喪自然的和諧。所以他們造的是嫵媚的石徑；歐美人來時不開馬路就來穿山的電梯。他們在原來的石塊上刻上美秀的詩文，漆成古色的青綠，在苔蘚間掩映生趣；反之在歐美的山石上只見雪茄煙與各種生意的廣告。他們在山林叢密處透出一角寺院的紅牆，西方人起的是幾層樓嘈雜的旅館。聽人說中國人得效法歐西，我不知道應得自覺虛心做學徒的究竟是誰？

這是十五年前狄更生先生來中國時感想的一節。我不知道他現在要是回來看看西湖的成績，他又有甚麼妙文來頌揚我們的美德！

說來西湖真是個愛倫內[7]。論山水的秀麗，西湖在世界上真有位置。那山光，那水色，別有一種醉人處，叫人不能

----

[6]　狄更生，英國學者，曾任劍橋大學國王學院教授。他到過中國，著有《來自中國的信》一書。徐志摩二十年代初在英國遊學期間與他相識，得到過他的幫助。

[7]　愛倫內，英文 Irony 一詞的音譯，意即「反諷」。

不生愛。但不幸杭州的人種（我也算是杭州人），也不知怎的，特別的來得俗氣來得陋相。不讀書人無味，讀書人更可厭，單聽那一口杭白，甲隔甲隔⑧的，就夠人心煩！看來杭州人話會說（杭州人真會說話！），事也會做，近年來就「事業」方面看，杭州的建設的確不少，例如西湖堤上的六條橋就全給拉平了替汽車公司幫忙；但不幸經營山水的風景是另一種事業，決不是開鋪子、做官一類的事業。平常佈置一個小小的園林，我們尚且說總得主人胸中有些丘壑，如今整個的西湖放在一班大老的手裏，他們的腦子裏平常想些甚麼我不敢猜度，但就成績看，他們的確是只圖每年「我們杭州」商界收入的總數增加多少的一種頭腦！

開鋪子的老班們也許沾了光，但是可憐的西湖呢？分明天生俊俏的一個少女，生生的叫一羣粗漢去替她塗脂抹粉，就說沒有別的難堪情形，也就夠煞風景又煞風景！天啊，這苦惱的西子！

但是回過來說，這年頭哪還顧得了美不美！江南總算是天堂，到今天為止。別的地方人命只當得蟲子，有路不敢走，有話不敢說，還來搭甚麼臭紳士的架子，挑甚麼夠美不夠美的鳥眼？

八月七日

---

⑧ 甲隔甲隔，杭州方言（諧音），「怎麼怎麼」的意思。

海灘上種花

導讀

　　1926 年，徐志摩應邀在北師大附中作了一次講演，此講演後被命名為《海灘上種花》。在這次講演中，徐志摩誠摯地向聽眾敞開心扉，暢言自己的困惑和感動，充分展露了他「最動人的特點」，即「他那不可信的純淨的天真，對他的理想的愚誠，對藝術欣賞的認真，體會情感的切實」（林徽因：《悼志摩》）。

　　乍一開場，徐志摩就談到交友的不易，因為相知要以真性情作血本。接着，他通過剖解自身以表明「文明人」早已久違了真性情，所幸的是，孩子身上依舊葆有單純的爛漫的天真，如在海灘上種花、在月光下跪拜花等。並且，他認為只有思想和信仰像孩子一樣單純的人們才能創造真正的文化，當時喪失了靈性的中國民眾只能創造「喘着氣的活死人」般的沒有生氣的文化。因此，他號召青年學生保留純真的天性，秉持純潔的情操，堅守純淨的信仰，追求純粹的理想。

　　徐志摩的講演如同他的散文一樣，貌似「跑野馬」式的隨意揮灑，但細品起來，不難發現其運思實則頗具匠心，如這篇《海灘上種花》，徐志摩始以「性情」，終以「性情」，自始至終在強調人人應當精心護育孩子般「單純的爛漫的天真」。實際上，這源自徐志摩個人的信仰，如胡適曾說：「他深信理想的人生必須有愛，必須有自由，必須有美；他深信這種三位一體的人生是可以

追求的，至少是可以用純潔的心血培養出來的。」（胡適：《追悼志摩》）對於「單純的理想主義者」的徐志摩，「純潔的心血」就是人人與生俱來的未受玷污的真性情。

朋友是一種奢華：且不說酒肉勢利，那是說不上朋友，真朋友是相知，但相知談何容易，你要打開人家的心，你先得打開你自己的，你要在你的心裏容納人家的心，你先得把你的心推放到人家的心裏去：這真心或真性情的相互的流轉，是朋友的祕密，是朋友的快樂。但這是說你內心的力量夠得到，性靈的活動有富餘，可以隨時開放，隨時往外流，像山裏的泉水，流向容得住你的同情的溝槽；有時你得冒險，你得花本錢，你得抵拚[1]在罵岈[2]的亂石間，觸刺的草縫裏耐心的尋路，那時候艱難，苦痛，消耗，在在是可能的，在你這水一般靈動，水一般柔順的尋求同情的心能找到平安欣快以前。

　　我所以說朋友是奢華，「相知」是寶貝，但得拿真性情的血本去換，去拚。因此我不敢輕易說話，因為我自己知道我的來源有限，十分的謹慎尚且不時有破產的恐懼；我不能隨便「花」。前天有幾位小朋友來邀我跟你們講話，他們的懇切折服了我，使我不得不從命，但是小朋友們，說也慚愧，我拿甚麼來給你們呢？

　　我最先想來對你們說些孩子話，因為你們都還是孩子。但是那孩子的我到哪裏去了？彷彿昨天我還是個孩子，今天不知怎的就變了樣。甚麼是孩子要不為一點活潑的天真，但天真就比是泥土裏的嫩芽，天冷泥土硬就壓住了它的生

---

① 　拚，同「拼」。

② 　罵岈（yá），形容亂石嶙峋的樣子。

機——這年頭問誰去要和暖的春風？

孩子是沒了。你記得的只是一個不清切的影子，麻糊得緊，我這時候想起就像是一個瞎子追念他自己的容貌，一樣的記不周全；他即使想急了拿一隻手到臉上去印下一個模子來，那樣子也是個死的。真的沒了。一天在公園裏見一個小朋友不提多麼活動，一忽兒上山，一忽兒爬樹，一忽兒溜冰，一忽兒乾草裏打滾，要不然就跳着憨笑；我看着羨慕，也想學樣，跟他一起玩，但是不能，我是一個大人，身上穿着長袍，心裏存着體面，怕招人笑，天生的靈活換來矜持的存心——孩子，孩子是沒有的了，有的只是一個年歲與教育蛀空了的軀殼，死僵僵的，不自然的。

我又想找回我們天性裏的野人來對你們説話。因為野人也是接近自然的；我前幾年過印度時得到極刻心的感想，那裏的街道房屋以及土人的體膚容貌，生活的習慣，雖則簡，雖則陋，雖則不誇張，卻處處與大自然——上面碧藍的天，火熱的陽光，地下焦黃的泥土，高矗的椰樹——相調諧，情調，色彩，結構，看來有一種意義的一致，就比是一件完美的藝術的作品。也不知怎的，那天看了他們的街，街上的牛車，趕車的老頭露着他的赤光的頭顱與紫薑色的圓肚，他們的廟，廟裏的聖像與神座前的花，我心裏只是不自在，就彷彿這情景是一個熟悉的聲音的叫喚，叫你去跟着他，你的靈魂也何嘗不活跳跳的想答應一聲「好，我來了。」但是不能，又有礙路的擋着你，不許你回覆這叫喚聲啟示給你的自由。困着你的是你的教育；我那時的難受就比是一條蛇擺脱不了困住他的一個硬性的外殼——野人也給

壓住了，永遠出不來。

　　所以今天站在你們上面的我不再是融會自然的野人，也不是天機活靈的孩子：我只是一個「文明人」，我能説的只是「文明話」。但甚麼是文明只是墮落？文明人的心裏只是種種虛榮的念頭，他到處忙不算，到處都得計較成敗。我怎麼能對着你們不感覺慚愧？不了解自然不僅是我的心，我的話也是的。並且我即使有話説也沒法表現，即使有思想也不能使你們了解；內裏那點子性靈就比是在一座石壁裏牢牢的砌住，一絲光亮都不透，就憑這隻眼望見你們，但有甚麼法子可以傳達我的意思給你們，我已經忘卻了原來的語言，還有甚麼話可説的？

　　但我的小朋友們還是逼着我來説謊（沒有話説而勉強説話便是謊）。知識，我不能給；要知識你們得請教教育家去，我這裏是沒有的。智慧，更沒有了：智慧是地獄裏的花果，能進地獄更能出地獄的才採得着智慧，不去地獄的便沒有智慧——我是沒有的。

　　我正發窘的時候，來了一個救星——就是我手裏這一小幅畫，等我來講道理給你們聽。這張畫是我的拜年片，一個朋友替我製的③。你們看這個小孩子在海邊沙灘上獨自的玩，赤腳穿着草鞋，右手提着一枝花，使勁把它往沙裏栽，左手提着一把澆花的水壺，壺裏水點一滴滴的往下掉着。離

---

③　此處指的是徐志摩的好友、著名女作家凌叔華為徐志摩製作的明信片，朋友即凌叔華。

着小孩不遠看得見海裏翻動着的波瀾。

你們看出了這畫的意思沒有？

在海砂裏種花。在海砂裏種花！那小孩這一番種花的熱心怕是白費的了。砂磧是養不活鮮花的，這幾點淡水是不能幫忙的；也許等不到小孩轉身，這一朵小花已經支不住陽光的逼迫，就得交卸他有限的生命，枯萎了去。況且那海水的浪頭也快打過來了，海浪沖來時不說這朵小小的花，就是大根的樹也怕站不住 —— 所以這花落在海邊上是絕望的了，小孩這番力量准是白化的了。

你們一定很能明白這個意思。我的朋友是很聰明的，他拿這畫意來比我們一羣呆子，樂意在白天裏做夢的呆子，滿心想在海砂裏種花的傻子。畫裏的小孩拿着有限的幾滴淡水想維持花的生命，我們一羣夢人也想在現在比沙漠還要乾枯比沙灘更沒有生命的社會裏，憑着最有限的力量，想下幾顆文藝與思想的種子，這不是一樣的絕望，一樣的傻？想在海砂裏種花，想在海砂裏種花，多可笑呀！但我的聰明的朋友說，這幅小小畫裏的意思還不止此；諷刺不是她的目的。她要我們更深一層看。在我們看來海砂裏種花是傻氣，但在那小孩自己卻不覺得。他的思想是單純的，他的信仰也是單純的。他知道的是甚麼？他知道花是可愛的，可愛的東西應得幫助他發長；他平常看見花草都是從地土裏長出來的，他看來海砂也只是地，為甚麼海砂裏不能長花他沒有想到，也不必想到，他就知道拿花來栽，拿水去澆，只要那花在地上站直了他就歡喜，他就樂，他就會跳他的跳，唱他的唱，來讚美這美麗的生命，以後怎麼樣，海砂的性質，花的運命，他

全管不着！我們知道小孩們怎樣的崇拜自然，他的身體雖則小，他的靈魂卻是大着，他的衣服也許髒，他的心可是潔淨的。這裏還有一幅畫，這是自然的崇拜，你們看這孩子在月光下跪着拜一朵低頭的百合花，這時候他的心與月光一般的清潔，與花一般的美麗，與夜一般的安靜。我們可以知道到海邊上來種花那孩子的思想與這月下拜花的孩子的思想會得跪下的 —— 單純、清潔，我們可以想像那一個孩子把花栽好了也是一樣來對着花膜拜祈禱 —— 他能把花暫時栽了起來便是他的成功，此外以後怎麼樣不是他的事情了。

你們看這個象徵不僅美，並且有力量；因為它告訴我們單純的信心是創作的泉源 —— 這單純的爛漫的天真是最永久最有力量的東西，陽光燒不焦他，狂風吹不倒他，海水冲不了他，黑暗掩不了他 —— 地面上的花朵有被摧殘有消滅的時候，但小孩愛花種花這一點：「真」卻有的是永久的生命。

我們來放遠一點看。我們現有的文化只是人類在歷史上努力與犧牲的成績。為甚麼人們肯努力肯犧牲？因為他們有天生的信心；他們的靈魂認識甚麼是真甚麼是善甚麼是美，雖則他們的肉體與智識有時候會誘惑他們反着方向走路；但只要他們認明一件事情是有永久價值的時候，他們就自然的會得興奮，不期然的自己犧牲，要在這忽忽變動的聲色的世界裏，贖出幾個永久不變的原則的憑證來。耶穌為甚麼不怕上十字架？密爾頓[4]何以瞎了眼還要做詩，

④　密爾頓，通譯彌爾頓，英國著名詩人，代表作為《失樂園》。

貝德花芬 [5] 何以聾了還要制音樂,密仡郎其羅 [6] 為甚麼肯積受幾個月的潮濕不顧自己的皮肉與靴子連成一片的用心思,為的只是要解決一個小小的美術問題?為甚麼永遠有人到冰洋盡頭雪山頂上去探險?為甚麼科學家肯在顯微鏡底下或是數目字中間研究一般人眼看不到心想不通的道理消磨他一生的光陰?

為的是這些人道的英雄都有他們不可搖動的信心;像我們在海砂裏種花的孩子一樣,他們的思想是單純的 —— 宗教家為善的原則犧牲,科學家為真的原則犧牲,藝術家為美的原則犧牲 —— 這一切犧牲的結果便是我們現有的有限的文化。

你們想想在這地面上做事難道還不是一樣的傻氣 —— 這地面還不與海砂一樣不容你生根;在這裏的事業還不是與鮮花一樣的嬌嫩? —— 潮水過來可以沖掉,狂風吹來可以折壞,陽光曬來可以熏焦我們小孩子手裏拿着往砂裏栽的鮮花,同樣的,我們文化的全體還不一樣有隨時可以沖掉、折壞、熏焦的可能嗎?巴比倫的文明現在哪裏?碰碎城 [7] 曾經在地下埋過千百年,克利脫 [8] 的文明直到最近五六十年間才

---

[5]　貝德花芬,即貝多芬。

[6]　密仡郎其羅,通譯米開朗琪羅,意大利文藝復興時期的藝術家、科學家。

[7]　碰碎城,通譯龐貝,意大利古城,因附近火山爆發而湮沒。

[8]　克利脫,通譯克里特。克里特為希臘的一個島,古希臘文明發源地之一。

完全發見。並且有時一件事實體的存在並不能證明他生命的繼續。這區區地球的本體就有一千萬個毀滅的可能。人們怕死不錯，我們怕死人，但最可怕的不是死的死人，是活的死人，單有軀殼生命沒有靈性生活是莫大的悲慘；文化也有這種情形，死的文化倒也罷了，最可憐的是勉強喘着氣的半死的文化。你們如其問我要例子，我就不遲疑的回答你説，朋友們，貴國的文化便是一個喘着氣的活死人！時候已經很久的了，自從我們最後的幾個祖宗為了不變的原則犧牲他們的呼吸與血液，為了不死的生命犧牲他們有限的存在，為了單純的信心遭受當時人的訕笑與侮辱。時候已經很久的了，自從我們最後聽見普遍的聲音像潮水似的充滿着地面。時候已經很久的了，自從我們最後看見強烈的光明像彗星似的掃掠過地面，時候已經很久的了，自從我們最後為某種主義流過火熱的鮮血，時候已經很久的了，自從我們的骨髓裏有膽量，我們的説話裏有分量。這是一個極傷心的反省！我真不知道這時代犯了甚麼不可赦的大罪，上帝竟狠心的賞給我們這樣惡毒的刑罰？你看看這年頭到哪裏去找一個完全的男子或是一個完全的女子 —— 你們去看去，這年頭哪一個男子不是陽痿，哪一個女子不是鼓脹！要形容我們現在受罪的時期，我們得發明一個比醜更醜比髒更髒比下流更下流比苟且更苟且比懦怯更懦怯的一類生字去！朋友們，真的我心裏常常害怕，害怕下回東風帶來的不是我們盼望中的春天，不是鮮花青草蝴蝶飛鳥，我怕它帶來一個比冬天更枯槁更淒慘更寂寞的死天 —— 因為醜陋的臉子不配穿漂亮的衣服，我們這樣醜陋的變態的人心與社會憑甚麼權利可以問青天要陽

光，問地面要青草，問飛鳥要音樂，問花朵要顏色？你問我明天天會不會放亮？我回答說我不知道，竟許不！

歸根是我們失去了我們靈性努力的重心，那就是一個單純的信仰，一點爛漫的童真！不要說到海灘去種花 —— 我們都是聰明人誰願意做傻瓜去 —— 就是在你自己院子裏種花你都懶怕動手哪！最可怕的懷疑的鬼與厭世的黑影已經佔住了我們的靈魂！

所以朋友們，你們都是青年，都是春雷聲響不曾停止時破綻出來的鮮花，你們再不可墮落了 —— 雖則陷阱的大口滿張在你的跟前，你不要怕，你把你的爛漫的天真倒下去，填平了它，再往前走 —— 你們要保持那一點的信心，這裏面連着來的就是精力與勇敢與靈感 —— 你們要不怕做小傻瓜，盡量在這人道的海灘邊種你的鮮花去 —— 花也許會消滅，但這種花的精神是不爛的！

北戴河海濱的幻想

導讀

　　1923 年暑假，南開大學開辦暑期學校，校長張伯苓邀請梁啟超、徐志摩等前去講課。講課結束之後，徐志摩即返回北京，後於 8 月 11 日赴北戴河避暑。11 月 24 日，寫成《北戴河海濱的幻想》一文。初載於 1924 年 6 月 21 日《晨報・文學旬刊》第 39 期上。

　　文章除第一段為實寫之外，其餘的景物和感情都是徐志摩自己心靈的履痕。羅素曾將生命喻為一條江，上游是青年時代，中游是中年時代，下游是老年時代，上游狹窄而湍急，下游寬闊而平靜。羅素的比喻很生動，生命的確如一條江，從上游流到下游，由湍急而漸趨平靜，但需要補充的是，在流經的過程中難免遭遇暗流險灘。回念過往、坦白心跡，徐志摩表露了不可規避卻難以名狀的悵惘。

　　這篇《北戴河海濱的幻想》可視作徐志摩遭遇暗流險灘、難覓希望之光、沉鬱悲觀而不禁發出的關乎生命的玄想。在「靜默」之中，徐志摩的靈思鮮活地躍動起來，他暫時脫離紛擾，像局外人一樣遐想幽靜平和的田園風土，忘卻個人的悲喜哀愁，甚至最終將所有的一切──往昔經歷的和周遭現存的──幻滅為一種無法捕捉的空虛。

他們都到海邊去了。我為左眼發炎不曾去。我獨坐在前廊，偎坐在一張安適的大椅內，袒着胸懷，赤着腳，一頭的散髮，不時有風來撩拂。清晨的晴爽，不曾消醒我初起時睡態；但夢思卻半被曉風吹斷。我闔緊眼簾內視，只見一斑斑消殘的顏色，一似晚霞的餘赭^①，留戀地膠附在天邊。廊前的馬櫻、紫荊、藤蘿、青翠的葉與鮮紅的花，都將他們的妙影映印在水汀上，幻出幽媚的情態無數；我的臂上與胸前，亦滿綴了綠蔭的斜紋。從樹蔭的間隙平望，正見海灣：海波亦似被晨曦喚醒，黃藍相間的波光，在欣然的舞蹈。灘邊不時見白濤湧起，迸射着雪樣的水花。浴線內點點的小舟與浴客，水禽似的浮着；幼童的歡叫，與水波拍岸聲，與潛濤嗚咽聲，相間的起伏，競報一灘的生趣與樂意。但我獨坐的廊前，卻只是靜靜的，靜靜的無甚聲響。嫵媚的馬櫻，只是幽幽的微囅^②着，蠅蟲也斂翅不飛。只有遠近樹裏的秋蟬，在紡紗似的垂引他們不盡的長吟。

在這不盡的長吟中，我獨坐在冥想。難得是寂寞的環境，難得是靜定的意境；寂寞中有不可言傳的和諧，靜默中有無限的創造。我的心靈，比如海濱，生平初度的怒潮，已經漸次的消翳，只剩有疏鬆的海砂中偶爾的回響，更有殘缺的貝殼，反映星月的輝芒。此時摸索潮餘的斑痕，追想當時洶湧的情景，是夢或是真，再亦不須辨問，只此眉梢的輕

---

① 　赭（zhě），紅褐色。

② 　囅（chǎn），笑的樣子。

皺，脣邊的微哂，已足解釋無窮奧緒，深深的蘊伏在靈魂的微纖之中。

青年永遠趨向反叛，愛好冒險；永遠如初度航海者，幻想黃金機緣於浩淼的煙波之外；想割斷繫岸的纜繩，扯起風帆，欣欣的投入無垠的懷抱。他厭惡的是平安，自喜的是放縱與豪邁。無顏色的生涯，是他目中的荊棘；絕海與凶巘[3]，是他愛自由的途徑。他愛折玫瑰；為她的色香，亦為她冷酷的刺毒。他愛搏狂瀾：為他的莊嚴與偉大，亦為他吞噬一切的天才，最是激發他探險與好奇的動機。他崇拜衝動：不可測，不可節，不可預逆，起，動，消歇皆在無形中，狂飆似的倏忽與猛烈與神祕。他崇拜鬥爭：從鬥爭中求劇烈的生命之意義，從鬥爭中求絕對的實在，在血染的戰陣中，呼嗷[4]勝利之狂歡或歌敗喪的哀曲。

幻象消滅是人生裏命定的悲劇；青年的幻滅，更是悲劇中的悲劇，夜一般的沉黑，死一般的兇惡。純粹的，猖狂的熱情之火，不同阿拉亭[5]的神燈，只能放射一時的異彩，不能永久的朗照；轉瞬間，或許，便已斂熄了最後的焰舌，只留存有限的餘燼與殘灰，在未滅的餘溫裏自傷與自慰。

流水之光，星之光，露珠之光，電之光，在青年的妙目中閃耀，我們不能不驚訝造化者藝術之神奇；然可怖的黑影，倦與衰與飽饜的黑影，同時亦緊緊的跟着時日進行，彷

---

③ 巘（yǎn），山峯，山頂。

④ 嗷（jiào），叫。

⑤ 阿拉亭，通譯阿拉丁。

佛是煩惱、痛苦、失敗，或庸俗的尾曳，亦在轉瞬間，彗星似的掃滅了我們最自傲的神輝 —— 流水涸，明星沒，露珠散滅，電閃不再！

在這豔麗的日輝中，只見愉悅與歡舞與生趣，希望，閃爍的希望，在蕩漾，在無窮的碧空中，在綠葉的光澤裏，在蟲鳥的歌吟中，在青草的搖曳中 —— 夏之榮華，春之成功。春光與希望，是長駐的；自然與人生，是調諧的。

在遠處有福的山谷內，蓮馨花在坡前微笑，稚羊在亂石間跳躍，牧童們，有的吹着蘆笛，有的平臥在草地上，仰看變幻的浮遊的白雲，放射下的青影在初黃的稻田中縹緲地移過。在遠處安樂的村中，有妙齡的村姑，在流澗邊照映她自製的春裙；口銜煙斗的農夫三四，在預度秋收的豐盈，老婦人們坐在家門外陽光中取暖，她們的周圍有不少的兒童，手擎着黃白的錢花在環舞與歡呼。

在遠 —— 遠處的人間，有無限的平安與快樂，無限的春光⋯⋯

在此暫時可以忘卻無數的落蕊與殘紅；亦可以忘卻花蔭中掉下的枯葉，私語地預告三秋的情意；亦可以忘卻苦惱的僵瘓的人間，陽光與雨露的殷勤，不能再恢復他們腮頰上生命的微笑，亦可以忘卻紛爭的互殺的人間，陽光與雨露的仁慈，不能感化他們兇惡的獸性；亦可以忘卻庸俗的卑瑣的人間，行雲與朝露的豐姿，不能引逗他們剎那間的凝視；亦可以忘卻自覺的失望的人間，絢爛的春時與媚草，只能反激他們悲傷的意緒。

我亦可以暫時忘卻我自身的種種；忘卻我童年期清風白

水似的天真；忘卻我少年期種種虛榮的希冀；忘卻我漸次的
生命的覺悟；忘卻我熱烈的理想的尋求；忘卻我心靈中樂觀
與悲觀的鬥爭；忘卻我攀登文藝高峯的艱辛；忘卻剎那的啟
示與徹悟之神奇；忘卻我生命潮流之驟轉；忘卻我陷落在危
險的漩渦中之幸與不幸；忘卻我追憶不完全的夢境；忘卻我
大海底裏埋着的祕密；忘卻曾經剮割我靈魂的利刃，炮烙我
靈魂的烈焰，摧毀我靈魂的狂飆與暴雨；忘卻我的深刻的怨
與艾；忘卻我的冀與願；忘卻我的恩澤與惠感；忘卻我的過
去與現在……

　　過去的實在，漸漸的膨脹，漸漸的模糊，漸漸的不可辨
認；現在的實在，漸漸的收縮，逼成了意識的一線，細極狹
極的一線，又裂成了無數不相聯續的黑點……黑點亦漸次
的隱翳？幻術似的滅了，滅了，一個可怕的黑暗的空虛……

一九二三年八月中旬

我所知道的康橋

◖ 導讀

　　徐志摩所稱的「康橋」即現今的「劍橋」，本文中指劍橋大學。徐志摩起初在美國留學，由於追慕英國哲學家羅素，他放棄了攻讀哥倫比亞大學的博士，1920 年秋天，由美國到了倫敦，而此時羅素因為主張人道和自由已被劍橋除名，徐志摩求學之願落空了。所幸在狄更生先生的幫助下，1921 年春，徐志摩成為劍橋大學國王學院的特別生，可以隨意選課聽講，並且在 1922 年上半年轉為正式研究生。1922 年 8 月，徐志摩因故匆匆回國，中斷了劍橋大學的學業。

　　在劍橋生活的兩年，徐志摩沒有太大的學業壓力，「絕對的單獨」不僅令他發見了自己的「真」，也令他愜意地欣賞劍橋及其周遭種種風物人情之美。「大自然的優美、寧靜，調諧在這星光與波光的默契中不期然」地「淹」入了徐志摩的心靈，撫慰了他內心的情傷（徐志摩在英國結識了林長民，並愛慕和追求林之女林徽因，但終未如願），也喚醒了他詩人的性靈，甚至改變了人生的軌跡──「但生命的把戲是不可思議的！我們都是受支配的善良的生靈，哪件事我們作得了主？整十年前我吹着了一陣奇異的風，也許照着了甚麼奇異的月色，從此起我的思想就傾向於分行的抒寫。一份深刻的憂鬱佔定了我；這憂鬱，我信，竟於漸漸地潛化

了我的氣質。」（《猛虎集・序》）

　　一定意義上，劍橋成就了生命的歌者徐志摩。劍橋秀逸的「脫盡塵埃氣」的意境像一閃幽光照射了冥頑的徐志摩，使其以一個「生命的信仰者」的姿態反觀日常種種乾燥的人生，發現「我們的病根是『忘本』」，即如其所言：「人是自然的產兒」，「從大自然，我們取得我們的生命；從大自然，我們應分取得我們繼續的滋養。那一株婆娑的大木沒有盤錯的根柢深入在無盡藏的地裏？我們是永遠不能獨立的。有幸福是永遠不離母親撫育的孩子，有健康是永遠接近自然的人們。」

一

　　我這一生的周折，大都尋得出感情的線索。不論別的，單說求學。我到英國是為要從羅素[1]。羅素來中國時，我已經在美國。他那不確的死耗傳到的時候，我真的出眼淚不夠，還做悼詩來了。他沒有死，我自然高興。我擺脫了哥侖比亞[2]大博士銜的引誘，買船票過大西洋，想跟這位二十世紀的福祿泰爾[3]認真唸一點書去。誰知一到英國才知道事情變樣了：一為他在戰時主張和平，二為他離婚，羅素叫康橋給除名了，他原來是 Trinity College[4] 的 Fellow[5]，這來他的 Fellow-Ship[6] 也給取銷了。他回英國後就在倫敦住下，夫妻兩人賣文章過日子。因此我也不曾遂我從學的始願。我在倫敦政治經濟學院裏混了半年，正感着悶想換路走的時候，我認識了狄更生先生。狄更生（Galsworthy Lowes Dickinson）是一個有名的作者，他的《一個中國人通信》（*Letters From John Chinaman*）與《一個現代聚餐談話》（*A Modern Symposium*）兩本小冊子早得了我的景仰。我第一次會着他是在倫敦國際聯盟協會席上，那天林宗孟先生演

---

① 　羅素（1872—1970），英國哲學家、邏輯學家，曾來中國講學。

② 　哥侖比亞，即美國的哥倫比亞大學。

③ 　福祿泰爾，通譯伏爾泰（1694—1778），法國啟蒙思想家、哲學家、作家。

④ 　英國劍橋大學的三一學院。

⑤ 　英語，院務委員。

⑥ 　英語，院務委員資格。

説，他做主席；第二次是宗孟寓裏吃茶，有他。以後我常到他家裏去。他看出我的煩悶，勸我到康橋去，他自己是王家學院（King's College，即國王學院）的 Fellow。我就寫信去問兩個學院，回信都説學額早滿了，隨後還是狄更生先生替我去在他的學院裏説好了，給我一個特別生的資格，隨意選科聽講。從此黑方巾黑披袍的風光也被我佔着了。初起我在離康橋六英里的鄉下叫沙士頓地方租了幾間小屋住下，同居的有我從前的夫人張幼儀女士與郭虞裳君。每天一早我坐街車（有時騎自行車）上學，到晚回家。這樣的生活過了一個春，但我在康橋還只是個陌生人，誰都不認識，康橋的生活，可以説完全不曾嚐着，我知道的只是一個圖書館，幾個課室，和三兩個吃便宜飯的茶食鋪子。狄更生常在倫敦或是大陸上，所以也不常見他。那年的秋季我一個人回到康橋，整整有一學年，那時我才有機會接近真正的康橋生活，同時我也慢慢的「發見」了康橋。我不曾知道過更大的愉快。

二

「單獨」是一個耐尋味的現象。我有時想它是任何發見的第一個條件。你要發見你的朋友的「真」，你得有與他單獨的機會。你要發見你自己的真，你得給你自己一個單獨的機會。你要發見一個地方（地方一樣有靈性），你也得有單獨玩的機會。我們這一輩子，認真説，能認識幾個人？能認識幾個地方？我們都是太匆忙，太沒有單獨的機會。説實話，我連我的本鄉都沒有甚麼了解。康橋我要算是有相當交

情的，再次許只有新認識的翡冷翠 ⑦ 了。啊，那些清晨，那些黃昏，我一個人發痴似的在康橋！絕對的單獨。

但一個人要寫他最心愛的對象，不論是人是地，是多麼使他為難的一個工作？你怕，你怕描壞了它，你怕說過分了惱了它，你怕說太謹慎了辜負了它。我現在想寫康橋，也正是這樣的心理，我不曾寫，我就知道這回是寫不好的 —— 況且又是臨時逼出來的事情。但我卻不能不寫，上期預告已經出去了。我想勉強分兩節寫：一是我所知道的康橋的天然景色，一是我所知道的康橋的學生生活。我今晚只能極簡的寫些，等以後有興會時再補。

三

康橋的靈性全在一條河上；康河，我敢說，是全世界最秀麗的一條水。河的名字是葛蘭大（Granta），也有叫康河（River Cam）的，許有上下流的區別，我不甚清楚。河身多的是曲折，上遊是有名的拜倫潭（「Byrou's Pool」）當年拜倫常在那裏玩的；有一個老村子叫格蘭騫斯德，有一個果子園，你可以躺在纍纍的桃李樹蔭下吃茶，花果會掉入你的茶杯，小雀子會到你桌上來啄食，那真是別有一番天地。這是上游；下游是從騫斯德頓下去，河面展開，那是春夏間競舟的場所。上下河分界處有一個壩築，水流急得很，在星光

---

⑦　翡冷翠，通譯佛羅倫薩，意大利中部城市。徐志摩曾作《翡冷翠山居閒話》，見本書。

下聽水聲，聽近村晚鐘聲，聽河畔倦牛芻草聲，是我康橋經驗中最神祕的一種：大自然的優美、寧靜、調諧在這星光與波光的默契中不期然的淹入了你的性靈。

　　但康河的精華是在它的中權，著名的「Backs」[8]，這兩岸是幾個最蜚聲的學院的建築。從上面下來是 Pembroke，St · Katharine's，King's，Clare，Trinity，St · John's。最令人留連的一節是克萊亞與王家學院的毗連處，克萊亞的秀麗緊鄰着王家教堂（King's Chapel）的閎偉[9]。別的地方盡有更美更莊嚴的建築，例如巴黎賽因河的羅浮宮[10]一帶，威尼斯的利阿爾多大橋的兩岸，翡冷翠維基烏大橋的周遭；但康橋的「Backs」自有它的特長，這不容易用一二個狀詞來概括，它那脫盡塵埃氣的一種清澈秀逸的意境可說是超出了畫圖而化生了音樂的神味。再沒有比這一羣建築更調諧更勻稱的了！論畫，可比的許只有柯羅（Corot）[11]的田野；論音樂，可比的許只有蕭班（Chopin）[12]的夜曲。就這也不能給你依稀的印象，它給你的美感簡直是神靈性的一種。

　　假如你站在王家學院橋邊的那棵大樹蔭下眺望，右側面，隔着一大方淺草坪，是我們的校友居（Fellows Building），那年代並不早，但它的嫵媚也是不可掩的，它

名家散文必讀系列 · 徐志摩

---

⑧　英語，後院。

⑨　閎偉，同宏偉。

⑩　賽因河的羅浮宮，通譯塞納河的盧浮宮。盧浮宮位於塞納河邊。

⑪　柯羅（1796—1875），法國畫家。

⑫　蕭班（1810—1849），通譯肖邦，波蘭音樂家。

那蒼白的石壁上春夏間滿綴着豔色的薔薇在和風中搖頭，更移左是那教堂，森林似的尖閣不可浼的永遠直指着天空；更左是克萊亞，啊！那不可信的玲瓏的方庭，誰説這不是聖克萊亞（St. Clare）的化身，哪一塊石上不閃耀着她當年聖潔的精神？在克萊亞後背隱約可辨的是康橋最潢貴最驕縱的三清學院（Trinity），它那臨河的圖書樓上坐鎮着拜倫神采驚人的雕像。

但這時你的注意早已叫克萊亞的三環洞橋魔術似的攝住。你見過西湖白堤上的西泠斷橋不是（可憐它們早已叫代表近代醜惡精神的汽車公司給踩平了，現在它們跟着蒼涼的雷峯永遠辭別了人間）？你忘不了那橋上斑駁的蒼苔，木柵的古色，與那橋拱下泄露的湖光與山色不是？克萊亞並沒有那樣體面的襯托，它也不比廬山棲賢寺旁的觀音橋，上瞰五老的奇峯，下臨深潭與飛瀑；它只是怯憐憐的一座三環洞的小橋，它那橋洞間也只掩映着細紋的波鄰與婆娑的樹影，它那橋上櫛比的小穿闌與闌節頂上雙雙的白石球，也只是村姑子頭上不誇張的香草與野花一類的裝飾；但你凝神的看着，更凝神的看着，你再反省你的心境，看還有一絲屑的俗念沾滯不？只要你審美的本能不曾泯滅時，這是你的機會實現純粹美感的神奇！

但你還得選你賞鑒的時辰。英國的天時與氣候是走極端的。冬天是荒謬的壞，逢着連綿的霧盲天你一定不遲疑的甘願進地獄本身去試試；春天（英國是幾乎沒有夏天的）是更荒謬的可愛，尤其是它那四五月間最漸緩最豔麗的黃昏，那才真是寸寸黃金。在康河邊上過一個黃昏是一服靈魂的補

劑。啊！我那時蜜甜的單獨，那時蜜甜的閒暇。一晚又一晚的，只見我出神似的倚在橋闌上向西天凝望：——

看一回凝靜的橋影，
數一數螺細的波紋：
我倚暖了石闌的青苔，
青苔涼透了我的心坎；
……⑬

還有幾句更笨重的怎能彷彿那遊絲似輕妙的情景：

難忘七月的黃昏，遠樹凝寂，
像墨潑的山形，襯出輕柔暝色，
密稠稠，七分鵝黃，三分橘綠，
那妙意只可去秋夢邊緣捕捉；
……⑭

四

這河身的兩岸都是四季常青最蔥翠的草坪。從校友居的樓上望去，對岸草場上，不論早晚，永遠有十數匹黃牛與白馬，脛蹄沒在恣蔓的草叢中，從容的在咬嚼，星星的黃花在風中動盪，應和着牠們尾鬃的掃拂。橋的兩端有斜倚的垂柳

---

⑬　出自徐志摩詩歌《月下待杜鵑不來》。
⑭　出自徐志摩詩歌《康橋再會吧》。

與椆蔭護住。水是澈底的清澄，深不足四尺，勻勻的長着長條的水草。這岸邊的草坪又是我的愛寵，在清朝，在傍晚，我常去這天然的織錦上坐地，有時讀書，有時看水；有時仰臥着看天空的行雲，有時反僕着摟抱大地的温軟。

但河上的風流還不止兩岸的秀麗。你得買船去玩。船不止一種：有普通的雙槳划船，有輕快的薄皮舟（Canoe），有最別致的長形撐篙船（Punt）。最末的一種是別處不常有的：約莫有二丈長，三尺寬，你站直在船梢上用長竿撐着走的。這撐是一種技術。我手腳太蠢，始終不曾學會。你初起手嘗試時，容易把船身橫住在河中，東顛西撞的狼狽。英國人是不輕易開口笑人的，但是小心他們不出聲的皺眉！也不知有多少次河中本來優閒的秩序叫我這莽撞的外行給搞亂了。我真的始終不曾學會；每回我不服輸跑去租船再試的時候，有一個白鬍子的船家往往帶譏諷的對我說：「先生，這撐船費勁，天熱累人，還是拿個薄皮舟溜溜吧！」我哪里肯聽話，長篙子一點就把船撐了開去，結果還是把河身一段段的腰斬了去！

你站在橋上去看人家撐，那多不費勁，多美！尤其在禮拜天有幾個專家的女郎，穿一身縞素衣服，裙裾在風前悠悠的飄着，戴一頂寬邊的薄紗帽，帽影在水草間顫動，你看她們出橋洞時的恣態，捻起一根竟像沒分量的長竿，只輕輕的，不經心的往波心裏一點，身子微微的一蹲，這船身便波的轉出了橋影，翠條魚似的向前滑了去。她們那敏捷，那閒暇，那輕盈，真是值得歌詠的。

在初夏陽光漸暖時你去買一支小船，划去橋邊蔭下躺着

唸你的書或是做你的夢，槐花香在水面上飄浮，魚羣的唼喋[15]聲在你的耳邊挑逗。或是在初秋的黃昏，近着新月的寒光，望上流僻靜處遠去。愛熱鬧的少年們攜着他們的女友，在船沿上支着雙雙的東洋彩紙燈，帶着話匣子，船心裏用軟墊鋪着，也開向無人跡處去享他們的野福——誰不愛聽那水底翻的音樂在靜定的河上描寫夢意與春光！

　　住慣城市的人不易知道季候的變遷。看見葉子掉知道是秋，看見葉子綠知道是春；天冷了裝爐子，天熱了拆爐子；脫下棉袍，換上夾袍，脫下夾袍，穿上單袍；不過如此吧了。天上星斗的消息，地下泥土裏的消息，空中風吹的消息，都不關我們的事。忙着哪，這樣那樣事情多着，誰耐煩管星星的移轉，花草的消長，風雲的變幻？同時我們抱怨我們的生活、苦痛、煩悶、拘束、枯燥，誰肯承認做人是快樂？誰不多少間咒詛人生？

　　但不滿意的生活大都是由於自取的。我是一個生命的信仰者，我信生活決不是我們大多數人僅僅從自身經驗推得的那樣暗慘。我們的病根是在「忘本」。人是自然的產兒，就比枝頭的花與鳥是自然的產兒；但我們不幸是文明人，入世深似一天，離自然遠似一天。離開了泥土的花草，離開了水的魚，能快活嗎？能生存嗎？從大自然，我們取得我們的生命；從大自然，我們應分取得我們繼續的滋養。哪一株婆娑的大木沒有盤錯的根柢深入在無盡藏的地裏？我們是永遠

⑮　唼喋（shà zhá），形容成羣的魚、水鳥等吃東西的聲音。

不能獨立的。有幸福是永遠不離母親撫育的孩子，有健康是永遠接近自然的人們。不必一定與鹿豕遊，不必一定回「洞府」去；為醫治我們當前生活的枯窘，只要「不完全遺忘自然」一張輕淡的藥方我們的病象就有緩和的希望。在青草裏打幾個滾，到海水裏洗幾次浴，到高處去看幾次朝霞與晚照 —— 你肩背上的負擔就會輕鬆了去的。

這是極膚淺的道理，當然。但我要沒有過過康橋的日子，我就不會有這樣的自信。我這一輩子就只那一春，說也可憐，算是不曾虛度。就只那一春，我的生活是自然的，是真愉快的！（雖則碰巧那也是我最感受人生痛苦的時期）我那時有的是閒暇，有的是自由，有的是絕對單獨的機會。說也奇怪，竟像是第一次，我辨認了星月的光明，草的青，花的香，流水的殷勤。我能忘記那初春的睥睨嗎？曾經有多少個清晨我獨自冒着冷去薄霜鋪地的林子裏閒步 —— 為聽鳥語，為盼朝陽，為尋泥土裏漸次甦醒的花草，為體會最微細最神妙的春信。啊，那是新來的畫眉在那邊凋不盡的青枝上試牠的新聲！啊，這是第一朵小雪球花掙出了半凍的地面！啊，這不是新來的潮潤沾上了寂寞的柳條？

靜極了，這朝來水溶溶的大道，只遠處牛奶車的鈴聲，點綴這周遭的沉默。順着這大道走去，走到盡頭，再轉入林子裏的小徑，往煙霧濃密處走去，頭頂是交枝的榆蔭，透露着漠楞楞的曙色；再往前走去，走盡這林子，當前是平坦的原野，望見了村舍，初青的麥田，更遠三兩個饅形的小山掩住了一條通道。天邊是霧茫茫的，尖尖的黑影是近村的教寺。聽，那曉鐘和緩的清音。這一帶是此邦中部的平原，

地形像是海裏的輕波，默沉沉的起伏；山嶺是望不見的，有的是常青的草原與沃腴的田壤。登那土阜上望去，康橋只是一帶茂林，擁戴着幾處娉婷的尖閣。嫵媚的康河也望不見蹤跡，你只能循着那錦帶似的林木想像那一流清淺。村舍與樹林是這地盤上的棋子，有村舍處有佳蔭，有佳蔭處有村舍。這早起是看炊煙的時辰：朝霧漸漸的升起，揭開了這灰蒼蒼的天幕（最好是微霰後的光景），遠近的炊煙，成絲的、成縷的、成卷的、輕快的、遲重的、濃灰的、淡青的、慘白的，在靜定的朝氣裏漸漸的上騰，漸漸的不見，彷彿是朝來人們的祈禱，參差的翳入了天聽。朝陽是難得見的，這初春的天氣。但它來時是起早人莫大的愉快。頃刻間這田野添深了顏色，一層輕紗似的金粉糝上了這草，這樹，這通道，這莊舍。頃刻間這周遭彌漫了清晨富麗的溫柔。頃刻間你的心懷也分潤了白天誕生的光榮。「春」！這勝利的晴空彷彿在你的耳邊私語。「春」！你那快活的靈魂也彷彿在那裏迴響。

五

伺候着河上的風光，這春來一天有一天的消息。關心石上的苔痕，關心敗草裏的花鮮，關心這水流的緩急，關心水草的滋長，關心天上的雲霞，關心新來的鳥語。怯憐憐的小雪球是探春信的小使。鈴蘭與香草是歡喜的初聲。窈窕的蓮馨，玲瓏的石水仙，愛熱鬧的克羅克斯，耐辛苦的蒲公英與雛菊——這時候春光已是縵爛在人間，更不須殷勤問訊。

瑰麗的春放。這是你野遊的時期。可愛的路政，這裏不比中國，哪一處不是坦蕩蕩的大道？徒步是一個愉快，但

騎自轉車是一個更大的愉快。在康橋騎車是普遍的技術；婦人、稚子、老翁，一致享受這雙輪舞的快樂（在康橋聽說自轉車是不怕人偷的，就為人人都自己有車，沒人要偷）。任你選一個方向，任你上一條通道，順着這帶草味的和風，放輪遠去，保管你這半天的逍遙是你性靈的補劑。這道上有的是清蔭與美草，隨地都可以供你休憩。你如愛花，這裏多的是錦繡似的草原。你如愛鳥，這裏多的是巧囀的鳴禽。你如愛兒童，這鄉間到處是可親的稚子。你如愛人情，這裏多的是不嫌遠客的鄉人，你到處可以「掛單」借宿，有酪漿與嫩薯供你飽餐，有奪目的果鮮恣你嚐新。你如愛酒，這鄉間每「望」都為你儲有上好的新釀，黑啤如太濃，蘋果酒、薑酒都是供你解渴潤肺的。……帶一卷書，走十里路，選一塊清靜地，看天，聽鳥，讀書，倦了時，和身在草綿綿處尋夢去——你能想像更適情更適性的消遣嗎？

　　陸放翁有一聯詩句：「傳呼快馬迎新月，卻上輕輿趁晚涼。」[16] 這是做地方官的風流。我在康橋時雖沒馬騎，沒轎子坐，卻也有我的風流：我常常在夕陽西曬時騎了車迎着天邊扁大的日頭直追。日頭是追不到的，我沒有夸父的荒誕，但晚景的溫存卻被我這樣偷嚐了不少。有三兩幅畫圖似的經驗至今還是栩栩的留着。只說看夕陽，我們平常只知道登山或是臨海，但實際只須遼闊的天際，平地上的晚霞有時也是一

---

[16]　出自陸遊《醉中到白崖而歸》。徐志摩引用有誤，「傳」應為「偶」，「趁晚涼」應為「御晚風」。

樣的神奇。有一次我趕到一個地方，手把着一家村莊的籬笆，隔着一大田的麥浪，看西天的變幻。有一次是正衝着一條寬廣的大道，過來一大羣羊，放草歸來的，偌大的太陽在牠們後背放射着萬縷的金輝，天上卻是烏青青的，只剩這不可逼視的威光中的一條大路，一羣生物！我心頭頓時感着神異性的壓迫，我真的跪下了，對着這冉冉漸翳的金光。再有一次是更不可忘的奇景，那是臨着一大片望不到頭的草原，滿開着豔紅的罌粟，在青草裏亭亭的像是萬盞的金燈，陽光從褐色雲裏斜着過來，幻成一種異樣的紫色，透明似的不可逼視，剎那間在我迷眩了的視覺中，這草田變成了……不說也罷，說來你們也是不信的！

　　一別二年多了，康橋，誰知我這思鄉的隱憂？也不想別的，我只要那晚鐘撼動的黃昏，沒遮攔的田野，獨自斜倚在軟草裏，看第一個大星在天邊出現！

一九二六年一月十四日至一月二十三日

自剖

● 導讀

　　一個曾經生活詩意、才思波湧的人，陷入肢體怠惰、心靈呆滯、思想枯窘的境況時，無疑負有難捱的苦楚。這篇《自剖》就是徐志摩從外到內剖解他困惑的病源。該文作於 1926 年 3 月 25 日至 4 月 1 日，載於 1926 年 4 月 3 日《晨報副刊》。

　　從外因入手，徐志摩首先剖析個人的處境，不曾有「過分激烈的戟刺」。接着，分析動盪的時局，如「三‧一八」慘案，不僅是身邊真切發生的事件，甚至是「靈府裏的一個慘象」，但徐志摩觀看了蘇聯革命後的景象，對革命事業起了敬意，對革命前途持樂觀態度，雖然「神經每每感受一種不可名狀的壓迫。」繼續深挖，反思實際生活的牽掣，或許是願望沒有達成的遺憾顛覆內心、麻痺靈智，或許是「舒服、健康、幸福」鈍化了心靈活動。

　　剖解外因之後，徐志摩發現煩悶枯窘不在外因而在內因，曾經的文思泉湧是為疏解因生活的不滿足；而現今的才思枯竭，根本原因在自己不是可以提出新思想、創造新文藝、幹出大事業的天才，因為內心沒有「無形的推力或是衝動」敦促着進行無欲無求的文藝創造，沒有「原動的好奇心」激勵着研究學問，沒有「原動的信仰」引導着探究思想，而自己卻誤以天才的標準擬造了一個「虛無的境界」，當然難免幻滅的悲哀。

在《自剖》中，徐志摩「提起筆來，毫不矜持，把他心裏的話真掏出來說，把他的讀者做頂親近的人」（梁實秋：《談志摩的散文》），大膽袒露淤滯的心跡，維護了思想、文藝等創造性事業本身的純正和高潔。

我是個好動的人：每回我身體行動的時候，我的思想也彷彿就跟着跳盪。我做的詩，不論它們是怎樣的「無聊」，有不少是在行旅期中想起的。我愛動，愛看動的事物，愛活潑的人，愛水，愛空中的飛鳥，愛車窗外掣過的田野山水。星光的閃動，草葉上露珠的顫動，花須在微風中的搖動，雷雨時雲空的變動，大海中波濤的洶湧，都是在在觸動我感興的情景。是動，不論是甚麼性質，就是我的興趣，我的靈感。是動就會催快我的呼吸，加添我的生命。

近來卻大大的變樣了。第一我自身的肢體，已不如原先靈活；我的心也同樣的感受了不知是年歲還是甚麼的拘縶。動的現象再不能給我歡喜，給我啟示。先前我看着在陽光中閃爍的金波，就彷彿看見了神仙宮闕——甚麼荒誕美麗的幻覺，不在我的腦中一閃閃的掠過；現在不同了，陽光只是陽光，流波只是流波，任憑景色怎樣的燦爛，再也照不化我的呆木的心靈。我的思想，如其偶爾有，也只似巖石上的藤蘿，貼着枯乾的粗糙的石面，極困難的蜒着；顏色是蒼黑的，姿態是倔強的。

我自己也不懂得何以這變遷來得這樣的兀突，這樣的深徹。原先我在人前自覺竟是一注的流泉，在在有飛沫，在在有閃光；現在這泉眼，如其還在，彷彿是叫一塊石板不留餘隙的給鎮住了。我再沒有先前那樣蓬勃的情趣，每回我想說話的時候，就覺着那石塊的重壓，怎麼也掀不動，怎麼也推不開，結果只能自安沉默！「你再不用想甚麼了，你再沒有甚麼可想的了」；「你再不用開口了，你再沒有甚麼話可說的了」，我常覺得我沉悶的心府裏有這樣半嘲諷半弔唁的諄囑。

説來我思想上或經驗上也並不曾經受甚麼過分劇烈的戟刺。我處境是向來順的，現在，如其有不同，只是更順了的。那麼為甚麼這變遷？遠的不說，就比如我年前到歐洲去時的心境：啊！我那時還不是一隻初長毛角的野鹿？甚麼顏色不激動我的視覺，甚麼香味不奮興我的嗅覺？我記得我在意大利寫遊記的時候，情緒是何等的活潑，興趣何等的醇厚，一路來眼見耳聽心感的種種，哪一樣不活栩栩的叢集在我的筆端，爭求充分的表現！如今呢？我這次到南方去，來回也有一個多月的光景，這期內眼見耳聽心感的事物也該有不少。我未動身前，又何嘗不自喜此去又可以有機會飽餐西湖的風色，鄧尉的梅香 —— 單提一兩件最合我脾胃的事。有好多朋友也曾期望我在這閒暇的假期中採集一點江南風趣，歸來時，至少也該帶回一兩篇爽口的詩文，給在北京泥土的空氣中活命的朋友們一些清醒的消遣。但在事實上不但在南中時我白瞪着大眼，看天亮換天昏，又閉上了眼，拼天昏換天亮，一枝禿筆跟着我涉海去，又跟着我涉海回來，正如巖洞裏的一根石筍，壓根兒就沒一點搖動的消息；就在我回京後這十來天，任憑朋友們怎樣的催促，自己良心怎樣的責備，我的筆尖上還是滴不出一點墨沉來。我也曾勉強想想，勉強想寫，但到底還是白費！可怕是這心靈驟然的呆頓。完全死了不成？我自己在疑惑。

　　說來是時局也許有關係。我到京幾天就逢着空前的血案。五卅事件[①]發生時我正在意大利山中，採茉莉花編花籃

----

① 　五卅事件，指 1925 年 5 月 30 日上海的大罷工，遭到了帝國主義的鎮壓，損失慘重。消息傳出後，全國掀起了一次反帝愛國運動的高潮。

兒玩，翡冷翠[2]山中只見明星與流螢的交喚，花香與山色的溫存，俗氛是吹不到的。直到七月間到了倫敦，我才理會國內風光的慘淡，等得我趕回來時，設想中的激昂，又早變成了明日黃花，看得見的痕跡只有滿城黃牆上墨彩斑斕的「泣告」！

這回卻不同。屠殺的事實不僅是在我住的城子裏發見，我有時竟覺得是我自己的靈府裏的一個慘象。殺死的不僅是青年們的生命，我自己的思想也彷彿遭着了致命的打擊，比是國務院前的斷胔殘肢，再也不能回復生動與連貫。但這深刻的難受在我是無名的，是不能完全解釋的。這回事變的奇慘性引起憤慨與悲切是一件事，但同時我們也知道在這根本起變態作用的社會裏，甚麼怪誕的情形都是可能的。屠殺無辜，遠不是年來最平常的現象。自從內戰糾結以來，在受戰禍的區域內，哪一處村落不曾分到過遭姦污的女性，屠殘的骨肉，供犧牲的生命財產？這無非是給冤氛團結的地面上多添一團更集中更鮮豔的怨毒。再說哪一個民族的解放史能不濃濃的染着 Martyrs[3] 的腔血？俄國革命的開幕就是二十年前冬宮的血景。只要我們有識力認定，有膽量實行，我們理想中的革命，這回羔羊的血就不會是白塗的。所以我個人的沉悶決不完全是這回慘案引起的感情作用。

愛和平是我的生性。在怨毒、猜忌、殘殺的空氣中，我的神經每每感受一種不可名狀的壓迫。記得前年奉直戰

---

② 翡冷翠，通譯佛羅倫薩，意大利城市。

③ 英語，烈士。

爭 [4] 時我過的那日子簡直是一團黑漆，每晚更深時，獨自抱着腦殼伏在書桌上受罪，彷彿整個時代的沉悶蓋在我的頭頂 —— 直到寫下了《毒藥》那幾首不成形的咒詛詩以後，我心頭的緊張才漸漸的緩和下去。這回又有同樣的情形；只覺着煩，只覺着悶，感想來時只是破碎，筆頭只是笨滯。結果身體也不舒暢，像是蠟油塗抹住了全身毛竅似的難過，一天過去了又是一天，我這裏又在重演更深獨坐箍緊腦殼的姿勢，窗外皎潔的月光，分明是在嘲諷我內心的枯窘！

不，我還得往更深處按。我不能叫這時局來替我思想驟然的呆頓負責，我得往我自己生活的底裏找去。

平常有幾種原因可以影響我們的心靈活動。實際生活的牽掣可以劫去我們心靈所需要的閒暇，積成一種壓迫。在某種熱烈的想望不曾得滿足時，我們感覺精神上的煩悶與焦躁，失望更是顛覆內心平衡的一個大原因；較劇烈的種類可以麻痺我們的靈智，淹沒我們的理性。但這些都合不上我的病源；因為我在實際生活裏已經得到十分的幸運，我的潛在意識裏，我敢説不該有甚麼壓着的慾望在作怪。

但是在實際上反過來看，另有一種情形可以阻塞或是減少你心靈的活動。我們知道舒服、健康、幸福，是人生的目標，我們因此推想我們痛苦的起點是在望見那些目標而得不到的時候。我們常聽人説「假如我像某人那樣生活無憂我一定可以好好的做事，不比現在整天的精神全花在瑣碎的煩惱

④　奉直戰爭，指 20 世紀 20 年代奉系軍閥張作霖和直系軍閥吳佩孚等的混戰。

上」。我們又聽說「我不能做事就為身體太壞，若是精神來得，那就……」我們又常常設想幸福的境界，我們想「只要有一個意中人在跟前那我一定奮發，甚麼事做不到？」但是不，在事實上，舒服、健康、幸福，不但不一定是幫助或獎勵心靈生活的條件，它們有時正得相反的效果。我們看不起有錢人，在社會上得意人，肌肉過分發展的運動家，也正在此；至於年少人幻想中的美滿幸福，我敢說等得當真有了紅袖添香，你的書也就讀不出所以然來，且不說甚麼在學問上或藝術上更認真的工作。

那末生活的滿足是我的病源嗎？

「在先前的日子」，一個真知我的朋友，就說：「正為是你生活不得平衡，正為你有慾望不得滿足，你的壓在內裏的 Libido⑤ 就形成一種升華的現象，結果你就借文學來發泄你生理上的鬱結（你不常說你從事文學是一件不預期的事嗎？）；這情形又容易在你的意識裏形成一種虛幻的希望，因為你的寫作得到一部分讚許，你就自以為確有相當創作的天賦以及獨立思想的能力。但你只是自冤自，實在你並沒有甚麼超人一等的天賦，你的設想多半是虛榮，你的以前的成績只是升華的結果。所以現在等得你生活換了樣，感情上有了安頓，你就發見你向來寫作的來源頓呈萎縮甚至枯竭的現象；而你又不願意承認這情形的實在，妄想到你身子以外去找你思想枯窘的原因，所以你就不由的感到深刻的煩悶。你

---

⑤　英語，性慾。

只是對你自己生氣，不甘心承認你自己的本相。不，你原來並沒有三頭六臂的！

「你對文藝並沒有真興趣，對學問並沒有真熱心。你本來沒有甚麼更高的志願，除了相當合理的生活，你只配安分做一個平常人，享你命裏注定的『幸福』；在事業界，在文藝創作界，在學問界內，全沒有你的位置，你真的沒有那能耐。不信你只要自問在你心裏的心裏有沒有那無形的『推力』，整天整夜的惱着你，逼着你，督着你，放開實際生活的全部，單望着不可捉摸的創作境界裏去冒險？是的，頂明顯的關鍵就是那無形的推力或是衝動（The Impulse），沒有它人類就沒有科學，沒有文學，沒有藝術，沒有一切超越功利實用性質的創作。你知道在國外（國內當然也有，許沒那樣多）有多少人被這無形的推力驅使，在實際生活上變成一種離魂病性質的變態動物，不但人間所有的虛榮永遠沾不上他們的思想，就連維持生命的睡眠飲食，在他們都失了重要，他們全部的心力只是在他們那無形的推力所指示的特殊方向上集中應用。怪不得有人說天才是瘋癲；我們在巴黎、倫敦不就到處碰得着這類怪人？如其他是一個美術家，惱着他的就只怎樣可以完全表現他那理想中的形體；一個線條的準確，某種色彩的調諧，在他會得比他生身父母的生死與國家的存亡更重要，更迫切，更要求注意。我們知道專門學者有終身掘墳墓的，研究蚊蟲生理的，觀察億萬萬里外一個星的動定的。並且他們決不問社會對於他們的勞力有否任何的認識，那就是虛榮的進路；他們是被一點無形的推力的魔鬼蠱定了的。

「這是關於文藝創作的話。你自問有沒有這種情形。你也許經驗過甚麼『靈感』，那也許有，但你卻不要把剎那誤認作永久的，虛幻認作真實。至於說思想與真實學問的話，那也得背後有一種推力，方向許不同，性質還是不變。做學問你得有原動的好奇心，得有天然熱情的態度去做求知識的工夫。真思想家的準備，除了特強的理智，還得有一種原動的信仰；信仰或尋求信仰，是一切思想的出發點：極端的懷疑派思想也只是期望重新位置信仰的一種努力。從古來沒有一個思想家不是宗教性的。在他們，各按各的傾向，一切人生的和理智的問題是實在有的；神的有無，善與惡，本體問題，認識問題，意志自由問題，在他們看來都是含逼迫性的現象，要求合理的解答 —— 比山嶺的崇高，水的流動，愛的甜蜜更真，更實在，更聳動。他們的一點心靈，就永遠在他們設想的一種或多種問題的周圍飛舞、旋繞，正如燈蛾之於火焰：犧牲自身來貫徹火焰中心的祕密，是他們共有的決心。

「這種慘烈的情形，你怕也沒有吧？我不說你的心幕上就沒有思想的影子；但它們怕只是虛影，像水面上的雲影，雲過影子就跟着消散，不是石上的溜痕越日久越深刻。

「這樣說下來，你倒可以安心了！因為個人最大的悲劇是設想一個虛無的境界來謊騙你自己；騙不到底的時候你就得忍受『幻滅』的莫大的苦痛。與其那樣，還不如及早認清自己的深淺，不要把不必要的負擔，放上支撐不住的肩背，壓壞你自己，還難免旁人的笑話！朋友，不要迷了，定下心來享你現成的福分吧；思想不是你的分，文藝創作不是你的

分，獨立的事業更不是你的分！天生扛了重擔來的那也沒法
想（哪一個天才不是活受罪！）。你是原來輕鬆的，這是多
可羨慕，多可賀喜的一個發見！算了吧，朋友！」

一九二六年三月二十五至四月一日

翡冷翠山居閒話

◖ **導讀**

　　1925 年 3 月 10 日，徐志摩起程遊歷歐洲。此間為會晤泰戈爾，徐志摩特意前往意大利，到達後才確知泰戈爾已回印度，原擬會面雖未成行，但意大利之行卻頗滿足徐志摩的遊興。這篇發表於 1925 年 7 月 4 日《現代評論》第 2 卷第 30 期的《翡冷翠山居閒話》，就是徐志摩記敍他遊歷佛羅倫薩時的感興。

　　即如徐志摩在《翡冷翠山居閒話》所敍，逗留佛羅倫薩時，他可以自在隨意地親近、擁抱、融入大自然，陶冶他的性情，安慰他的心靈，更補給他生命的活力。事實上，徐志摩此番歐遊，主要是因為 1925 年前後遇事不順，尤其是他同陸小曼結合受阻。據陸小曼所說：「為了家庭和社會都不諒解我和志摩的愛，經過幾度的商酌，便決定讓摩離開我到歐洲去作一個短時間的旅行；希望在這分離的期間，能從此忘卻我 —— 把這一段姻緣暫時的告一個段落。」（陸小曼：《愛眉小札・序》）

　　沈從文在《從徐志摩作品學習「抒情」》中說：「一切優秀作品的制作，離不了手與心。更重要的，也許還是培養手與心那個『境』，一個比較清虛寥廓，具有反照反省能夠消化現象與意象的境。單獨把自己從課堂或寢室、朋友或同學拉開，靜靜的與自然對面，即可慢慢得到。」獨居翡冷翠山中，徐志摩獲得了一個理

想的「境」，加之他原本酷愛大自然，甚至可以説，其思想的本色就是由自然的生動、和諧、美好積澱而成的，於是遇到合適的時機，他就撥動心弦，奏出頌讚之曲，《翡冷翠山居閒話》可謂為其中最優美的樂章。

在這裏出門散步去，上山或是下山，在一個晴好的五月的向晚，正像是去赴一個美的宴會，比如去一果子園，那邊每株樹上都是滿掛着詩情最秀逸的果實，假如你單是站着看還不滿意時，只要你一伸手就可以採取，可以恣嚐鮮味，足夠你性靈的迷醉。陽光正好暖和，決不過暖；風息是溫馴的，而且往往因為他是從繁花的山林裏吹度過來他帶來一股幽遠的淡香，連着一息滋潤的水氣，摩挲着你的顏面，輕繞着你的肩腰，就這單純的呼吸已是無窮的愉快；空氣總是明淨的，近谷內不生煙，遠山上不起靄，那美秀風景的全部正像畫片似的展露在你的眼前，供你閒暇的鑒賞。

作客山中的妙處，尤在你永不須躊躇你的服色與體態；你不妨搖曳着一頭的蓬草，不妨縱容你滿腮的苔蘚；你愛穿甚麼就穿甚麼；扮一個牧童，扮一個漁翁，裝一個農夫，裝一個走江湖的桀卜閃①，裝一個獵戶；你再不必提心整理你的領結，你盡可以不用領結，給你的頸根與胸膛一半日的自由，你可以拿一條這邊豔色的長巾包在你的頭上，學一個太平軍的頭目，或是拜倫那埃及裝的姿態；但最要緊的是穿上你最舊的舊鞋，別管他模樣不佳，他們是頂可愛的好友，他們承着你的體重卻不叫你記起你還有一雙腳在你的底下。

這樣的玩頂好是不要約伴，我竟想嚴格的取締，只許你獨身；因為有了伴多少總得叫你分心，尤其是年輕的女伴，那是最危險最專制不過的旅伴，你應得躲避她像你躲避青草

---

① 桀卜閃，通譯吉卜賽人，以過流浪生活為特點的一個民族。

裏一條美麗的花蛇！平常我們從自己家裏走到朋友的家裏，或是我們執事的地方，那無非是在同一個大牢裏從一間獄室移到另一間獄室去，拘束永遠跟着我們，自由永遠尋不到我們；但在這春夏間美秀的山中或鄉間你要是有機會獨身閒逛時，那才是你福星高照的時候，那才是你實際領受，親口嚐味，自由與自在的時候，那才是你肉體與靈魂行動一致的時候。朋友們，我們多長一歲年紀往往只是加重我們頭上的枷，加緊我們腳脛上的鏈，我們見小孩子在草裏在沙堆裏在淺水裏打滾作樂，或是看見小貓追他自己的尾巴，何嘗沒有羨慕的時候，但我們的枷，我們的鏈永遠是制定我們行動的上司！所以只有你單身奔赴大自然的懷抱時，像一個裸體的小孩撲入他母親的懷抱時，你才知道靈魂的愉快是怎樣的，單是活着的快樂是怎樣的，單就呼吸單就走道單就張眼看聳耳聽的幸福是怎樣的。因此你得嚴格的為己，極端的自私，只許你，體魄與性靈，與自然同在一個脈搏裏跳動，同在一個音波裏起伏，同在一個神奇的宇宙裏自得。我們渾樸的天真是像含羞草似的嬌柔，一經同伴的抵觸，他就捲了起來，但在澄靜的日光下，和風中，他的恣態是自然的，他的生活是無阻礙的。

　　你一個人漫遊的時候，你就會在青草裏坐地仰臥，甚至有時打滾，因為草的和暖的顏色自然的喚起你童稚的活潑；在靜僻的道上你就會不自主的狂舞，看着你自己的身影幻出種種詭異的變相，因為道旁樹木的陰影在他們迂徐的婆娑裏暗示你舞蹈的快樂；你也會得信口的歌唱，偶爾記起斷片的音調，與你自己隨口的小曲，因為樹林中的鶯燕告訴你春光

是應得讚美的；更不必説你的胸襟自然會跟着曼長的山徑開
拓，你的心地會看着澄藍的天空靜定，你的思想和着山壑間
的水聲，山罅裏的泉響，有時一澄到底的清澈，有時激起成
章的波動，流，流，流入涼爽的橄欖林中，流入嫵媚的阿諾
河去⋯⋯

並且你不但不須應伴，每逢這樣的遊行，你也不必帶
書。書是理想的伴侶，但你應得帶書，是在火車上，在你住
處的客室裏，不是在你獨身漫步的時候。甚麼偉大的深沉的
鼓舞的清明的優美的思想的根源不是可以在風籟中，雲彩
裏，山勢與地形的起伏裏，花草的顏色與香息裏尋得？自然
是最偉大的一部書，葛德[2]説，在他每一頁的字句裏我們讀
得最深奧的消息。並且這書上的文字是人人懂得的；阿爾帕
斯[3]與五老峯，雪西里[4]與普陀山，萊因河[5]與揚子江，梨夢
湖[6]與西子湖，建蘭與瓊花，杭州西溪的蘆雪與威尼市[7]夕
照的紅潮，百靈與夜鶯，更不提一般黃的黃麥，一般紫的紫
藤，一般青的青草同在大地上生長，同在和風中波動——
他們應用的符號是永遠一致的，他們的意義是永遠明顯的，
只要你自己性靈上不長瘡瘢，眼不盲，耳不塞，這無形跡的

②　葛德，通譯歌德，德國文豪。

③　阿爾帕斯，通譯阿爾卑斯，歐洲山脈，旅遊勝地。

④　雪西里，通譯西西里，意大利島嶼。

⑤　萊因河，通譯萊茵河，歐洲河流。

⑥　梨夢湖，通譯萊蒙河，即日內瓦湖，著名的風景區和療養地。

⑦　威尼市，通譯威尼斯，意大利名城。

最高等教育便永遠是你的名分，這不取費的最珍貴的補劑便永遠供你的受用；只要你認識了這一部書，你在這世界上寂寞時便不寂寞，窮困時不窮困，苦惱時有安慰，挫折時有鼓勵，軟弱時有督責，迷失時有南針[8]。

一九二五年六月

[8] 南針，即指南針。

再 剖

導讀

　　備受矚目的徐志摩，在《自剖》中稱自己只是一個常人，應該卸下由「虛擬的期望」造成的本不應肩負的重擔。在這篇《再剖》中，他更深入一步剖解自我。此文作於 1926 年 4 月 5 日，載於 1926 年 4 月 7 日《晨報副刊》。

　　徐志摩回顧初編《晨報副刊》時，他欲與青年同呼吸共命運，認清現實人生，踐行赤子般純淨的理想 ——「往理性的方向走，往愛心與同情的方向走，往光明的方向走，往真的方向走，往健康快樂的方向走，往生命，更多更大更高的生命方向走」。結果不遂初願，美好的設想落空了。

　　何以至此？徐志摩剖析自我，意識到「我們的生活至少是複性的」，一種是「顯明的生活」，一種是「無形的生活」，即「性靈的或精神的生活」。而且，他認為當個人發覺自己擁有「超實際生活的性靈生活」時，便獲得了嶄新的自我警覺，由此可以更為理智清醒地為人處世。

　　靈魂被蒙蔽、靈性被束縛，對努力捍衛靈魂之自由無羈的徐志摩而言，這種壓抑也為其抒發真情實感、清掃內心陰霾、恢復生命活力提供了一個契機，因為心靈的自由律動是涵養品性、提升素養的重要依持，通過剖析和自省，徐志摩又獲得了再出發的動力。

你們知道喝醉了想吐吐不出或是吐不爽快的難受不是？這就是我現在的苦惱；腸胃裏一陣陣的作惡，腥膩從食道裏往上泛，但這喉關偏跟你彆扭，它捏住你，逼住你，逗着你——不，它且不給你痛快哪！前天那篇《自剖》，就比是哇出來的幾口苦水，過後只是更難受，更覺着往上冒。我告你我想要怎麼樣。我要孤寂：要一個靜極了的地方——森林的中心，山洞裏，牢獄的暗室裏——再沒有外界的影響來逼迫或引誘你的分心，再不須計較旁人的意見，喝采①或是嘲笑；當前惟一的對象是你自己：你的思想，你的感情，你的本性。那時它們再不會躲避，不會隱遁，不會裝作；赤裸裸的聽憑你察看、檢驗、審問。你可以放膽解去你最後的一縷遮蓋，袒露你最自憐的創傷，最掩諱的私褻。那才是你痛快一吐的機會。

但我現在的生活情形不容我有那樣一個時機。白天太忙（在人前一個人的靈性永遠是蜷縮在殼內的蝸牛），到夜間，比如此刻，靜是靜了，人可又倦了，惦着明天的事情又不得不早些休息。啊，我真羨慕我台上放着那塊唐磚上的佛像，他在他的蓮台上瞑目坐着，甚麼都搖不動他那入定②的圓澄。我們只是在煩惱網裏過日子的眾生，怎敢企望那光明無礙的境界！有鞭子下來，我們躲；見好吃的，我們唾涎；聽聲響，我們着忙；逢着痛癢，我們着惱。我們是鼠、是狗、是刺蝟、是天上星星與地上泥土間爬着的蟲。哪裏有工

---

① 喝采，同「喝彩」。
② 入定，入於禪定的意思，佛教中專注於一境的意思。

夫，即使你有心想親近你自己？哪裏有機會，即使你想痛快的一吐？

前幾天也不知無形中經過幾度掙扎，才嘔出那幾口苦水，這在我雖則難受還是照舊，但多少總算是發泄。事後我私下覺着愧悔，因為我不該拿我一己苦悶的骨鯁，強讀者們陪着我吞嚥。是苦水就不免薰蒸的惡味。我承認這完全是我自私的行為，不敢望恕的。我惟一的解嘲是這幾口苦水的確是從我自己的腸胃裏嘔出 —— 不是去髒水桶裏舀來的。我不曾期望同情，我只要朋友們認識我的深淺 ——（我的淺？）我最怕朋友們的容寵容易形成一種虛擬的期望；我這操刀自剖的一個目的，就在及早解卸我本不該扛上的擔負。

是的，我還得往底裏挖，往更深處剖。

最初我來編輯副刊，我有一個願心。我想把我自己整個兒交給能容納我的讀者們，我心目中的讀者們，說實話，就只這時代的青年。我覺着只有青年們的心窩裏有容我的空隙，我要偎着他們的熱血，聽他們的脈搏。我要在我自己的情感裏發見他們的情感，在我自己的思想裏反映他們的思想。假如編輯的意義只是選稿、配版、付印、拉稿，那還不如去做銀行的夥計 —— 有出息得多。我接受編輯晨副的機會，就為這不單是機械性的一種任務。（感謝《晨報》主人的信任與容忍）晨副變了我的喇叭，從這管口裏我有自由吹弄我古怪的不調諧的音調，它是我的鏡子，在這平面上描畫出我古怪的不調諧的形狀。我也決不掩諱我的原形：我就是我。記得我第一次與讀者們相見，就是一篇供狀。我的經過，我的深淺，我的偏見，我的希望，我都曾經再三的聲

明，怕是你們早聽厭了。但初起我有一種期望是真的 ——
期望我自己。也不知那時間為甚麼原因我竟有那活稜稜的一
副勇氣。我宣言我自己跳進了這現實的世界，存心想來對準
人生的面目認他一個仔細。我信我自己的熱心（不是知識）
多少可以給我一些對敵力量的。我想拚這一天，把我的血肉
與靈魂，放進這現實世界的磨盤裏去捱，鋸齒下去拉，——
我就要嚐那味兒！只有這樣，我想，才可以期望我主辦的刊
物多少是一個有生命氣息的東西；才可以期望在作者與讀者
間發生一種活的關係；才可以期望讀者們覺着這一長條報紙
與黑的字印的背後，的確至少有一個活着的人與一個動着的
心，他的把握是在你的腕上，他的呼吸吹在你的臉上，他的
歡喜，他的惆悵，他的迷惑，他的傷悲，就比是你自己的，
的確是從一個可認識的主體上發出來的變化 —— 是站在台
上人的姿態，—— 不是投射在白幕上的虛影。

並且我當初也並不是沒有我的信念與理想。有我崇拜
的德性，有我信仰的原則，有我愛護的事物，也有我痛疾的
事物。往理性的方向走，往愛心與同情的方向走，往光明的
方向走，往真的方向走，往健康快樂的方向走，往生命，
更多更大更高的生命方向走 —— 這是我那時的一點「赤子
之心」。我恨的是這時代的病象，甚麼都是病象：猜忌、詭
詐、小巧、傾軋、挑撥、殘殺、互殺、自殺、憂愁、作偽、
骯髒。我不是醫生，不會治病；我就有一雙手，趁它們活靈
的時候，我想，或許可以替這時代打開幾扇窗，多少讓空氣
流通些，濁的毒性的出去，清醒的潔淨的進來。

但緊接着我的狂妄的招搖，我最敬畏的一個前輩（看了

我的弔劉叔和文）就給我當頭一棒：

……既立意來辦報而且鄭重宣言「決意改變我對人的態度」，那麼自己的思想就得先磨冶一番，不能單憑主覺，隨便說了就算完事。迎上前去，不要又退了回來！一時的興奮，是無用的，說話越覺得響亮起勁，跳躑有力，其實即是內心的虛弱，何況說出衰頹懊喪的語氣，教一般青年看了，更給他們以可怕的影響，似乎不是志摩這番挺身出馬的本意！……

迎上前去，不要又退了回來！這一喝這幾個月來就沒有一天不在我「虛弱的內心」裏回響。實際上自從我喊出「迎上前去」以後，即使不曾撐開了往後退，至少我自己覺不得我的腳步曾經向前挪動。今天我再不能容我自己這夢夢的下去。算清虧欠，在還算得清的時候，總比窩着混着強。我不能不自剖。冒着「說出衰頹懊喪的語氣」的危險，我不能不利用這反省的鋒刃，劈去糾着我心身的累贅、淤積，或許這來倒有自我真得解放的希望！

想來這做人真是奧妙。我信我們的生活至少是複性的。看得見，覺得着的生活是我們的顯明的生活，但同時另有一種生活，跟着知識的開豁逐漸胚胎、成形、活動，最後支配前一種的生活，比是我們投在地上的身影，跟着光亮的增加漸漸由模糊化成清晰，形體是不可捉的，但它自有它的奧妙的存在。你動它跟着動，你不動它跟着不動。在實際生活的匆遽中，我們不易辨認另一種無形的生活的並存，正如我們

在陰地裏不見我們的影子；但到了某時候某境地忽的發見了它，不容否認的踵接着你的腳跟，比如你晚間步月時發見你自己的身影。它是你的性靈的或精神的生活。你覺到你有超實際生活的性靈生活的俄頃，是你一生的一個大關鍵！你許到極遲才覺悟（有人一輩子不得機會），但你實際生活中的經驗、動作、思想，沒有一絲一屑不同時在你那跟着長成的性靈生活中留着「對號的存根」，正如你的影子不放過你的一舉一動，雖則你不注意到或看不見。

　　我這時候就比是一個人初次發見他有影子的情形。驚駭、訝異、迷惑、聳悚、猜疑、恍惚同時並起，在這辨認你自身另有一個存在的時候。我這輩子只是在生活的道上盲目的前衝，一時踹入一個泥潭，一時踏折一支草花，只是這無目的的奔馳；從哪裏來，向哪裏去，現在在哪裏，該怎麼走，這些根本的問題卻從不曾到我的心上。但這時候突然的，恍然的我驚覺了。彷彿是一向跟着我形體奔波的影子忽然阻住了我的前路，責問我這匆匆的究竟是為甚麼！

　　一種新意識的誕生。這來我再不能盲衝，我至少得認明來蹤與去跡，該怎樣走法如其有目的地，該怎樣準備如其前程還在遙遠？

　　啊，我何嘗願意吞這果子，早知有這多的麻煩！現在我第一要考查明白的是這「我」究竟是怎麼一回事；然後再決定掉落在這生活道上的「我」的趕路方法。以前種種動作是沒有這新意識作主宰的；此後，甚麼都得由它。

　　　　　　　　　　　　　　一九二六年四月五日

泰戈爾

導讀

　　泰戈爾是一位深受中國人民喜愛的詩人，他的作品在中國流播極為廣泛。1923 年，泰戈爾受邀訪華，因為身體原因他推遲了行程，終於 1924 年 4 月 12 日登抵上海。泰戈爾提倡「東方精神文明」，旨在抵制西方殖民文化，但當時中國破舊的氣氛正濃，某些守舊派也想借泰戈爾造聲勢，結果使中國知識界對泰戈爾的到訪毀譽雜陳。

　　徐志摩因負責籌備歡迎泰戈爾的相關事宜，而與泰戈爾結下了深厚的忘年之誼，據陸小曼稱，「泰戈爾對待我倆像對自己的兒女一樣的寵愛」（陸小曼：《泰戈爾在我家作客》）。1924 年 5 月 12 日，在泰戈爾即將離華之時，徐志摩在北京真光劇場作了一場關於泰戈爾的演講，對泰戈爾的真誠與可貴進行辯護：泰戈爾拋開種種憂慮和不便，決意最後一次訪問他「幼年時便發心朝拜」的國度，先後作了三四十次「公開的講演以及較小集會時的談話」，將其「生命的精液」真誠地奉獻給了中國人民，這都源自他「信仰生命」、「尊崇青年」、「歌頌青春與清晨」、指點光明前途的「悲憫」情懷，他可謂是美好理想之真誠的歌者 ——「他主張的只是創造的生活，心靈的自由，國際的和平，教育的改造，普愛的實現」，「他的博大的溫柔的靈魂」「永遠是人類記憶裏的一次靈

跡」，尤其在精神「荒歉」、貧瘠的時代，泰戈爾所播灑的「人道的溫暖與安慰」的種子更值得中國青年饋以「同情與情愛」。

　　時光如水、塵埃落定，而今觀徐志摩的演講，我們不僅感受到詩人徐志摩對詩人泰戈爾的由衷理解，也體悟到徐志摩某些認識的難能可貴。

　　我有幾句話想趁這個機會對諸君講，不知道你們有沒有耐心聽。泰戈爾先生快走了，在幾天內他就離別北京，在一兩個星期內他就告辭中國。他這一去大約是不會再來的了。也許他永遠不能再到中國。

　　他是六七十歲的老人，他非但身體不強健，他並且是有病的。去年秋天他還發了一次很重的骨痛熱病。所以他要到中國來，不但他的家屬，他的親戚朋友，他的醫生，都不願意他冒險，就是他歐洲的朋友，比如法國的羅曼羅蘭，也都有信去勸阻他。他自己也曾經躊躇了好久，他心裏常常盤算他如其到中國來，他究竟能不能夠給我們好處，他想中國人自有他們的詩人、思想家、教育家，他們有他們的智慧、天才、心智的財富與營養，他們更用不着外來的補助與載刺，我只是一個詩人，我沒有宗教家的福音，沒有哲學家的理論，更沒有科學家實利的效用，或是工程師建設的才能，他們要我去做甚麼，我自己又為甚麼要去，我有甚麼禮物帶去滿足他們的盼望！他真的很覺得遲疑，所以他延遲了他的行期。但是他也對我們說到冬天完了，春風吹動的時候（印度的春風比我們的吹得早），他不由的感覺了一種內迫的衝動，他面對着逐漸滋長的青草與鮮花，不由的拋棄了，忘卻了他應盡的職務，不由的解放了他的歌唱的本能，和着新來的鳴雀，在柔軟的南風中開懷的謳吟，同時他收到我們催請的信，我們青年盼望他的誠意與熱心，喚起了老人的勇氣。他立即定奪了他東來的決心。他說趁我暮年的肢體不曾僵透，趁我衰老的心靈還能感受，決不可錯過這最後唯一的機會，這博大、從容、禮讓的民族，我幼年時便發心朝拜，與

其將來在黃昏寂靜的境界中萎衰的惆悵，毋寧利用這夕陽未暝的光芒，了卻我晉香人的心願？

他所以決意的東來，他不顧親友的勸阻，醫生的警告，不顧自身的高年與病體，他也撇開了在本國一切的任務，跋涉了萬里的海程，他來到了中國。

自從四月十二在上海登岸以來，可憐老人不曾有過一半天完整的休息，旅行的勞頓不必說，單就公開的演講以及較小集會時的談話，至少也有了三四十次！他的，我們知道，不是教授們的講義，不是教士們的講道，他的心府不是堆積貨品的棧房，他的辭令不是教科書的喇叭。他是靈活的泉水，一顆顆顫動的圓珠從他心裏兢兢的泛登水面，都是生命的精液；他是瀑布的吼聲，在白雲間，青林中，石罅裏，不住的嘯響；他是百靈的歌聲，他的歡欣、憤慨、響亮的諧音，彌漫在無際的晴空。但是他是倦了，終夜的狂歌已經耗盡了子規的精力，東方的曙色亦照出他點點的心血染紅了薔薇枝上的白露。

老人是疲乏了。這幾天他睡眠也不得安寧。他已經透支了他有限的精力。他差不多是靠散拿吐瑾 ① 過日的，他不由的不感覺風塵的厭倦，他時常想念他少年時在恆河邊沿拍浮的清福，他想望椰樹的清蔭與曼果的甜瓢。

但他還不僅是身體的憊勞，他也感覺心境的不舒暢。這是很不幸的。我們做主人的只是深深的負歉。他這次來

---

① 　散拿吐瑾，音譯詞，一種營養藥物。

華，不為遊歷，不為政治，更不為私人的利益，他熬着高年，冒着病體，拋棄自身的事業，備嘗行旅的辛苦，他究竟為的是甚麼？他為的只是一點看不見的情感。說遠一點，他的使命是在修補中國與印度兩民族間中斷千餘年的橋樑，說近一點，他只想感召我們青年真摯的同情。因為他是信仰生命的，他是尊崇青年的，他是歌頌青春與清晨的，他永遠指點着前途的光明。悲憫是當初釋迦牟尼證果的動機，悲憫也是泰戈爾先生不辭艱苦的動機。現代的文明只是駭人的浪費，貪淫與殘暴，自私與自大，相猜與相忌，颶風似的傾覆了人道的平衡，產生了巨大的毀滅。蕪穢的心田裏只是誤解的蔓草，毒害同情的種子，更沒有收成的希冀。在這個荒慘的境地裏，難得有少數的丈夫，不怕阻難，不自餒怯，肩上扛着鏟除誤解的大鋤，口袋裏滿裝着新鮮人道的種子，不問天時是陰是雨是晴，不問是早晨是黃昏是黑夜，他只是努力的工作，清理一方泥土，施殖一方生命，同時口唱着嘹亮的新歌，鼓舞在黑暗中將次透露的萌芽，泰戈爾先生就是這少數中的一個。他是來廣佈同情的，他是來消除成見的。我們親眼見過他慈祥的陽春似的表情，親耳聽過他從心靈底裏迸裂出的大聲，我想只要我們的良心不曾受惡毒的煙煤熏黑，或是被惡濁的偏見污抹，誰不曾感覺他赤誠的力量，魔術似的，為我們生命的前途開闢了一個神奇的境界，燃點了理想的光明？所以我們也懂得他的深刻的懷恨與失望，如其他知道部分的青年不但不能容納他的靈感，並且成心的誣毀他的熱忱。我們固然獎勵思想的獨立，但我們決不敢附和誤解的自由。他生平最滿意的成績就在他永遠能得青年的同情，不

論在德國，在丹麥，在美國，在日本，青年永遠是他最忠心的朋友。他也曾經遭受種種的誤解與攻擊，政府的猜疑與報紙的誣毀與守舊派的譏評，不論如何的謬妄與劇烈，從不曾擾動他優容的大量，他的希望，他的信仰，他的愛心，他的至誠，完全的託付青年。我的鬚，我的髮是白的，但我的心卻永遠是青的，他常常的對我們說，只要青年是我的知己，我理想的將來就有着落，我樂觀的明燈永遠不致黯淡。他不能相信純潔的青年也會墜落在懷疑、猜忌、卑瑣的泥淖。他更不能信中國遭受意外的待遇。他很不自在，他很感覺異樣的愴心。

因此精神的懊喪更加重他軀體的倦勞。他差不多是病了。我們當然很焦急的期望他的健康，但他再沒有心境繼續他的講演。我們恐怕今天就是他在北京公開講演最後的一個機會。他有休養的必要。我們也決不忍再使他耗費有限的精力。他不久又有長途的跋涉，他不能不有三四天完全的養息。所以從今天起，所有已經約定的集會，公開與私人的，一概撤銷，他今天就出城去靜養。

我們關切他的一定可以原諒，就是一小部分不願意他來做客的諸君也可以自喜戰略的成功。他是病了，他在北京不再開口了，他快走了，他從此不再來了。但是同學們，我們也得平心的想想，老人到底有甚麼罪，他有甚麼負心，他有甚麼不可容赦的犯案？公道是死了嗎？為甚麼聽不見你的聲音？

他們說他是守舊，說他是頑固。我們能相信嗎？他們說他是「太遲」，說他是「不合時宜」，我們能相信嗎？他

自己是不能信，真的不能信。他說這一定是滑稽家的反調。他一生所遭逢的批評只是太新，太早，太急進，太激烈，太革命的，太理想的，他六十年的生涯只是不斷的奮鬥與衝鋒，他現在還只是衝鋒與奮鬥。但是他們說他是守舊，太遲，太老。他頑固奮鬥的對象只是暴烈主義、資本主義、帝國主義、武力主義、殺滅性靈的物質主義；他主張的只是創造的生活，心靈的自由，國際的和平，教育的改造，普愛的實現。但他們說他是帝國政策的間諜，資本主義的助力，亡國奴族的流民，提倡裹腳的狂人！骯髒是在我們的政客與暴徒的心裏，與我們的詩人又有甚麼關係？昏亂是在我們冒名的學者與文人的腦裏，與我們的詩人又有甚麼親屬？我們何妨說太陽是黑的，我們何妨說蒼蠅是真理？同學們，聽信我的話，像他的這樣偉大的聲音我們也許一輩子再不會聽着的了。留神目前的機會，預防將來的惆悵！他的人格我們只能到歷史上去搜尋比擬。他的博大的温柔的靈魂我敢說永遠是人類記憶裏的一次靈跡。他的無邊際的想像與遼闊的同情使我們想起惠德曼 [2]；他的博愛的福音與宣傳的熱心使我們記起托爾斯泰；他的堅韌的意志與藝術的天才使我們想起造摩西像的密仡郎其羅；他的詼諧與智慧使我們想像當年的蘇格拉底與老聃；他的人格的和諧與優美使我們想念暮年的葛德；他的慈祥的純愛的撫摩，他的為人道不厭的努力，他的磅礴的大聲，有時竟使我們喚起救主的心像；他的光彩，他的音

② 惠德曼，通譯惠特曼（1819—1892），美國著名詩人。

樂，他的雄偉，使我們想念奧林必克③山頂的大神。他是不可侵凌的，不可逾越的，他是自然界的一個神祕的現象。他是三春和暖的南風，驚醒樹枝上的新芽，增添處女頰上的紅暈。他是普照的陽光。他是一派浩瀚的大水，來自不可追尋的淵源，在大地的懷抱中終古的流着，不息的流着，我們只是兩岸的居民，憑藉這慈恩的天賦，灌溉我們的田稻，甦解我們的消渴，洗淨我們的污垢。他是喜馬拉雅積雪的山峯，一般的崇高，一般的純潔，一般的壯麗，一般的高傲，只有無限的青天枕藉他銀白的頭顱。

人格是一個不可錯誤的實在，荒歉是一件大事，但我們是餓慣了的，只認鳩形與鵠面是人生本來的面目，永遠忘卻了真健康的顏色與彩澤。標準的低降是一種可恥的墮落；我們只是踞坐在井底的青蛙。但我們更沒有懷疑的餘地。我們也許揣詳東方的初白，卻不能非議中天的太陽。我們也許見慣了陰霾的天時，不耐這熱烈的光焰，消散天空的雲霧，暴露地面的荒蕪，但同時在我們心靈的深處，我們豈不也感覺一個新鮮的影響，催促我們生命的跳動，喚醒潛在的想望，彷彿是武士望見了前峯烽煙的信號，更不躊躇的奮勇向前？只有接近了這樣超軼的純粹的丈夫，這樣不可錯誤的實在，我們方始相形的自愧我們的口不夠闊大，我們的嗓音不夠響亮，我們的呼吸不夠深長，我們的信仰不夠堅定，我們的理想不夠瑩澈，我們的自由不夠磅礴，我們的語言不夠明白，

③　奧林必克，通譯奧林匹斯。

我們的情感不夠熱烈，我們的努力不夠勇猛，我們的資本不夠充實……

　　我自信我不是恣濫不切事理的崇拜，我如其曾經應用濃烈的文字，這是因為我不能自制我濃烈的感想。但我最急切要聲明的是，我們的詩人，雖則常常招受神祕的徽號，在事實上卻是最清明，最有趣，最詼諧，最不神祕的生靈。他是最通達人情，最近人情的。我盼望有機會追寫他日常的生活與談話。如其我是犯嫌疑的，如其我也是性近神祕的（有好多朋友這麼說），你們還有適之先生的見證，他也說他是最可愛最可親的個人；我們可以相信適之先生絕對沒有「性近神祕」的嫌疑！所以無論他怎樣的偉大與深厚，我們的詩人還只是有骨有血的人，不是野人，也不是天神。惟其是人，尤其是最富情感的人，所以他到處要求人道的溫暖與安慰，他尤其要我們中國青年的同情與情愛。他已經為我們盡了責任，我們不應，更不忍辜負他的期望。同學們，愛你的愛，崇拜你的崇拜，是人情不是罪孽，是勇敢不是懦怯。

十二日　在真光講

巴黎的鱗爪

導讀

　　徐志摩 1925 年遊歷歐洲，出於對西方文化的迷戀，他主動接受別一種氣息的熏染，此間不僅特意祭掃各國名人之墓，還積極拜訪在世的文學大師。為了拜會羅曼·羅蘭，徐志摩前往巴黎，因為未曾有約，拜會沒有成行，於是他便在巴黎逗留暢遊。1925 年 12 月 21 日，徐志摩回憶在巴黎的見聞感受，寫出了《巴黎的鱗爪》，全文分三部分，分別刊於 1925 年 12 月 16 日、17 日、24 日的《晨報副刊》。

　　「巴黎」是舉世聞名的大都會，漫遊其中的徐志摩覺得「讚美是多餘的」，「咒詛也是多餘的」，他只在開篇以極經濟的筆墨概括巴黎之妙，接着唱起了「隨口曲」，描摹巴黎的一鱗一爪。其一，不期而遇哀怨女郎，雖然僅是「九小時的萍水緣」，但落寞而灑脱的西洋女子令徐志摩感知了別一番人生遭際。其二，窮畫家住所齷齪，但內心潔淨，畫作前衛，但作風君子，其達觀、虔誠、執着的藝術追求讓徐志摩體悟到藝術蘊藏的至純至高的魅力。

　　以鱗爪而概全貌，感於事而抒於懷。徐志摩巧妙地展示了巴黎人的精神風貌、處世哲學，藉此折射出薈萃人生種種機緣的巴黎風貌；受巴黎特殊的氛圍的熏染，徐志摩也暫時忘卻了自身的煩憂，醉心於執着的藝術追求，獲得了心靈上的安慰。

咳巴黎！到過巴黎的一定不會再希罕天堂；嚐過巴黎的，老實説，連地獄都不想去了。整個的巴黎就像是一牀野鴨絨的墊褥，襯得你通體舒泰，硬骨頭都給熏酥了的 —— 有時許太熱一些。那也不礙事，只要你受得住。讚美是多餘的，正如讚美天堂是多餘的；咒詛也是多餘的，正如咒詛地獄是多餘的。巴黎，軟綿綿的巴黎，只在你臨別的時候輕輕地囑咐一聲「別忘了，再來！」其實連這都是多餘的。誰不想再去？誰忘得了？

香草在你的腳下，春風在你的臉上，微笑在你的周遭。不拘束你，不責備你，不督飭①你，不窘你，不惱你，不揉你。它摟着你，可不縛住你：是一條溫存的臂膀，不是根繩子。它不是不讓你跑，但它那招逗的指尖卻永遠在你的記憶裏晃着。多輕盈的步履，羅襪的絲光隨時可以沾上你記憶的顏色！

但巴黎卻不是單調的喜劇。賽因河②的柔波裏掩映着羅浮宮③的倩影，它也收藏着不少失意人最後的呼吸。流着，溫馴的水波；流着，纏綿的恩怨。咖啡館：和着交頸的軟語，開懷的笑響，有踞坐在屋隅裏蓬頭少年計較自毀的哀思。跳舞場：和着翻飛的樂調，迷醉的酒香，有獨自支頤的少婦思量着往跡的愴心。浮動在上一層的許是光明，是歡暢，是快樂，是甜蜜，是和諧；但沉澱在底裏陽光照不到的

名家散文必讀系列・徐志摩

---

① 督飭（chì），督促，監督。
② 賽因河，通譯塞納河，穿過巴黎。
③ 羅浮宮，通譯盧浮宮。

才是人事經驗的本質：說重一點是悲哀，說輕一點是惆悵；誰不願意永遠在輕快的流波裏漾着，可得留神了你往深處去時的發見！

一天，一個從巴黎來的朋友找我閒談，談起了勁，茶也沒喝，煙也沒吸，一直從黃昏談到天亮，才各自上牀去躺了一歇，我一合眼就回到了巴黎，方才朋友講的情境惆悅④的把我自己也纏了進去；這巴黎的夢真醇人，醇你的心，醇你的意志，醇你的四肢百體，那味兒除是親嚐過的誰能想像！──我醒過來時還是迷糊的忘了我在哪兒，剛巧一個小朋友進房來站在我的牀前笑吟吟喊我：「你做甚麼夢來了，朋友，為甚麼兩眼潮潮的像哭似的？」我伸手一摸，果然眼裏有水，不覺也失笑了──可是朝來的夢，一個詩人說的，同是這悲涼滋味，正不知這淚是為哪一個夢流的呢！

下面寫下的不成文章，不是小說，不是寫實，也不是寫夢，──在我寫的人只當是隨口曲，南邊人說的「出門不認貨」，隨你們寬容的讀者們怎樣看罷。

出門人也不能太小心了，走道總得帶些探險的意味。生活的趣味大半就在不預期的發見，要是所有的明天全是今天刻板的化身，那我們活甚麼來了？正如小孩子上山就得採花，到海邊就得撿貝殼，書呆子進圖書館想撈新智慧──出門人到了巴黎就想……

你的批評也不能過分嚴正不是？少年老成──甚麼

────────

④　惆悅，失意不高興。

話！老成是老年人的特權，也是他們的本分；説來也不是他們甘願，他們是到了年紀不得不。少年人如何能老成？老成了才是怪哪！

放寬一點説，人生只是個機緣巧合；別瞧日常生活河水似的流得平順，它那裏面多的是潛流，多的是漩渦——輪着的時候誰躲得了給捲了進去？那就是你發愁的時候，是你登仙的時候，是你辨着酸的時候，是你嚐着甜的時候。

巴黎也不定比別的地方怎樣不同：不同就在那邊生活流波裏的潛流更猛，漩渦更急，因此你叫給捲進去的機會也就更多。

我趕快得聲明我是沒有叫巴黎的漩渦給淹了去——雖則也就夠險。多半的時候我只是站在賽因河岸邊看熱鬧，下水去的時候也不能説沒有，但至多也不過在靠岸清淺處溜着，從沒敢往深處跑——這來漩渦的紋螺，勢道，力量，可比遠在岸上時認清楚多了。

一　九小時的萍水緣

我忘不了她。她是在人生的急流裏轉着的一張萍葉，我見着了它，掏在手裏把玩了一晌，依舊交還給它的命運，任它飄流去——它以前的飄泊我不曾見來，它以後的飄泊，我也見不着，但就這曾經相識匆匆的恩緣——實際上我與她相處不過九小時——已在我的心泥上印下蹤跡，我如何能忘，在憶起時如何能不感須臾的惆悵？

那天我坐在那熱鬧的飯店裏瞥眼看着她，她獨坐在燈光最暗漆的屋角裏，這屋內哪一個男子不帶媚態，哪一個女子

的胭脂口上不沾笑容，就只她：穿一身淡素衣裳，戴一頂寬邊的黑帽，在鬋[5]密的睫毛上隱隱閃亮着深思的目光——我幾乎疑心她是修道院的女僧偶爾到紅塵裏隨喜來了。我不能不接着注意她，她的別樣的支頤的倦態，她的曼長的手指，她的落漠的神情，有意無意間的歎息，在在都激發我的好奇——雖則我那時左邊已經坐下了一個瘦的，右邊來了肥的，四條光滑的手臂不住的在我面前晃着酒杯。但更使我奇異的是她不等跳舞開始就匆匆的出去了，好像害怕或是厭惡似的。第一晚這樣，第二晚又是這樣：獨自默默的坐着，到時候又匆匆的離去。到了第三晚她再來的時候我再也忍不住不想法接近她。第一次得着的回音，雖則是「多謝好意，我再不願交友」的一個拒絕，只是加深了我的同情的好奇。我再不能放過她。巴黎的好處就在處處近人情；愛慕的自由是永遠容許的。你見誰愛慕誰想接近誰，決不是犯罪，除非你在經程中泄漏了你的塵氣暴氣，陋相或是貧相，那不是文明的巴黎人所能容忍的。只要你「識相」，上海人說的，甚麼可能的機會你都可以利用。對方人理你不理你，當然又是一回事；但只要你的步驟對，文明的巴黎人決不讓你難堪。

我不能放過她。第二次我大膽寫了個字條付中間人——店主人——交去。我心裏直怔怔的怕討沒趣。可是回話來了——她就走了，你跟着去吧。

她果然在飯店門口等着我。

---

⑤　鬋（jiàn），下垂的鬢髮。

你為甚麼一定要找我說話，先生，像我這再不願意有朋友的人？

她張着大眼看我，口脣微微的顫着。

我的冒昧是不望恕的，但是我看了你憂鬱的神情我足足難受了三天，也不知怎的我就想接近你，和你談一次話，如其你許我，那就是我的想望，再沒有別的意思。

真的她那眼內綻出了淚來，我話還沒說完。

想不到我的心事又叫一個異邦人看透了……她聲音都啞了。

我們在路燈的燈光下默默的互注了一晌，並着肩沿馬路走去，走不到多遠她說不能走，我就問了她的允許僱車坐上，直望波龍尼大林園清涼的暑夜裏兜去。

原來如此，難怪你聽了跳舞的音樂像是厭惡似的，但既然不願意何以每晚還去？

那是我的感情作用；我有些捨不得不去，我在巴黎一天，那是我最初遇見 —— 他的地方，但那時候的我……可是你真的同情我的際遇嗎，先生？我快有兩個月不開口了，不瞞你說，今晚見了你我再也不能制止，我爽性說給你我的生平的始末吧，只要你不嫌。我們還是回那飯莊去罷。

你不是厭煩跳舞的音樂嗎？

她初次笑了。多齊整潔白的牙齒，在道上的幽光裏亮着！有了你我的生氣就回復了不少，我還怕甚麼音樂？

我們倆重進飯莊去選一個犄角坐下，喝完了兩瓶香檳，從十一時舞影最凌亂時談起，直到早三時客人散盡侍役打掃屋子時才起身走，我在她的可憐身世的演述中遺忘了一切，

當前的歌舞再不能分我絲毫的注意。

下面是她的自述。

我是在巴黎生長的。我從小就愛讀天方夜譚的故事，以及當代描寫東方的文學；啊東方，我的童真的夢魂哪一刻不在它的玫瑰園中留戀？十四歲那年我的姊姊帶我上北京去住，她在那邊開一個時式的帽鋪，有一天我看見一個小身材的中國人來買帽子，我就覺着奇怪，一來他長得異樣的清秀，二來他為甚麼要來買那樣時式的女帽；到了下午一個女太太拿了方才買去的帽子來換了，我姊姊就問她那中國人是誰，她說是她的丈夫，說開了頭她就講她當初怎樣為愛他觸怒了自己的父母，結果斷絕了家庭和他結婚，但她一點也不追悔因為她的中國丈夫待她怎樣好法，她不信西方人會得像他那樣體貼，那樣溫存。我再也忘不了她說話時滿心怡悅的笑容。從此我仰慕東方的私衷又添深了一層顏色。

我再回巴黎的時候已經長成了，我父親是最寵愛我的，我要甚麼他就給我甚麼。我那時就愛跳舞，啊，那些迷醉輕易的時光，巴黎哪一處舞場上不見我的舞影。我的妙齡，我的顏色，我的體態，我的聰慧，尤其是我那媚人的大眼 —— 啊，如今你見的只是悲慘的餘生再不留當時的豐韻 —— 制定了我初期的墮落。我說墮落不是？是的，墮落，人生哪處不是墮落，這社會哪裏容得一個有姿色的女人保全她的清潔？我正快走入險路的時候，我那慈愛的老父早已看出我的傾向，私下安排了一個機會，叫我與一個有爵位的英國人接近。一個十七歲的女子哪有甚麼主意，在兩個月

內我就做了新娘。

說起那四年結婚的生活，我也不應得過分的抱怨，但我們歐洲的勢利的社會實在是樹心裏生了蠹[6]，我怕再沒有回復健康的希望。我到倫敦去做貴婦人時我還是個天真的孩子，哪有甚麼機心，哪懂得虛偽的卑鄙的人間的底裏，我又是個外國人，到處遭受嫉忌與批評。還有我那擔名的丈夫。他娶我究竟為甚麼動機我始終不明白，許貪我年輕貪我貌美帶回家去廣告他自己的手段，因為真的我不曾感着他一息的真情；新婚不到幾時他就對我冷淡了，其實他就沒有熱過，碰巧我是個傻孩子，一天不聽着一半句軟語，不受些溫柔的憐惜，到晚上我就不自制的悲傷。他有的是錢，有的是趨奉諂媚，成天在外打獵作樂，我愁了不來慰我，我病了不來問我，連着三年抑鬱的生涯完全消滅了我原來活潑快樂的天機，到第四年實在耽不住了，我與他吵一場回巴黎再見我父親的時候，他幾乎不認識我了。我自此就永別了我的英國丈夫。因為雖則實際的離婚手續在他方面到前年方始辦理，他從我走了後也就不再來顧問我 —— 這算是歐洲人夫妻的情分！

我從倫敦回到巴黎，就比久困的雀兒重復飛回了林中，眼內又有了笑，臉上又添了春色，不但身體好多，就連童年時的種種想望又在我心頭活了回來。三四年結婚的經驗更叫我厭惡西歐，更叫我神往東方。東方，啊，浪漫的多情的東

⑥ 蠹（dù），蛀蟲。

方！我心裏常常的懷念着。有一晚，那一個運定的晚上，我就在這屋子內見着了他，與今晚一樣的歌聲，一樣的舞影，想起還不就是昨天，多飛快的光陰，就可憐我一個單薄的女子，無端叫運神擺佈，在情網裏顛連，在經驗的苦海裏沉淪，朋友，我自分是已經埋葬了的活人，你何苦又來逼着我把往事掘起，我的話是簡短的，但我身受的苦惱，朋友，你信我，是不可量的；你望我的眼裏看，憑着你的同情你可以在剎那間領會我靈魂的真際！

他是菲利濱[7]人，也不知怎的我初次見面就迷了他。他膚色是深黃的，但他的性情是不可信的溫柔；他身材是短的，但他的私語有多叫人魂銷的魔力？啊，我到如今還不能怨他；我愛他太深，我愛他太真，我如何能一刻忘他，雖則他到後來也是一樣的薄情，一樣的冷酷。你不倦麼，朋友，等我講給你聽？

我自從認識了他我便傾注給他我滿懷的柔情，我想他，那負心的他，也夠他的享受，那三個月神仙似的生活！我們差不多每晚在此聚會的。祕談是他與我，歡舞是他與我，人間再有更甜美的經驗嗎？朋友你知道痴心人赤心愛戀的瘋狂嗎？因為不僅滿足了我私心的想望，我十多年夢魂繚繞的東方理想的實現。有他我甚麼都有了，此外我更有甚麼沾戀？因此等到我家裏為這事情與我開始交涉的時候，我更不躊躇的與我生身的父母根本決絕。我此時又想起了我垂髫時在北

---

⑦　菲利濱，通譯菲律賓。

京見着的那個嫁中國人的女子，她與我一樣也為了痴情犧牲一切，我只希冀她這時還能保持着她那純愛的生活，不比我這失運人成天在幻滅的辛辣中回味。

我愛定了他。他是在巴黎求學的，不是貴族，也不是富人，那更使我放心，因為我早年的經驗使我迷信真愛情是窮人才能供給的。誰知他騙了我——他家裏也是有錢的，那時我在熱戀中拋棄了家，犧牲了名譽，跟了這黃臉人離卻巴黎，辭別歐洲，經過一個月的海程，我就到了我理想的燦爛的東方。啊，我那時的希望與快樂！但才出了紅海，他就上了心事，經我再三的逼，他才告訴他家裏的實情，他父親是菲利濱最有錢的土著，性情是極嚴厲的，他怕輕易不能收受我進他們的家庭。我真不願意把此後可憐的身世煩你的聽，朋友，但那才是我痴心人的結果，你耐心聽着吧！

東方，東方才是我的煩惱！我這回投進了一個更陌生的社會，呼吸更沉悶的空氣；他們自己中間也許有他們溫軟的人情，但輪着我的卻一樣還只是猜忌與譏刻，更不容情的刺襲我的孤獨的性靈。果然他的家庭不容我進門，把我看作一個「巴黎淌來的可疑的婦人」。我為愛他也不知忍受了多少不可忍的侮辱，吞了多少悲淚，但我自慰的是他對我不變的恩情。因為在初到的一時他還是不時來慰我——我獨自賃屋住着。但慢慢的也不知是人言浸潤還是他原來愛我不深，他竟然表示割絕我的意思。

朋友，試想我這孤身女子犧牲了一切為的還不是他的愛，如今連他都離了我，那我更有甚麼生機？我怎的始終不曾自毀，我至今還不信，因為我那時真的是沒路走了。我又

沒有錢，他狠心丟了我，我如何能再去纏他，這也許是我們白種人的倔強，我不久便揩乾了眼淚，出門去自尋活路。我在一個菲美合種人的家裏尋得了一個保姆的職務；天幸我生性是耐煩領小孩的——我在倫敦的日子沒孩子管，我就養貓弄狗——救活我的是那三五個活靈的孩子，黑頭髮短手指的乖乖。在那炎熱的島上我是過了兩年沒顏色的生活，得了一次兇險的熱病，從此我面上再不存青年期的光彩。我的心境正稍稍回復平衡的時候兩件不幸的事情又臨着了我：一件是我那他與另一女子的結婚，這消息使我昏厥了過去，一件是被我棄絕的慈父也不知怎的問得了我的蹤跡，來電說他老病快死要我回去。啊，天罰我！等我趕回巴黎的時候正好趕着與老人訣別，懺悔我先前的造孽！

從此我在人間還有甚麼意趣？我只是個實體的鬼影，活動的屍體；我的心也早就死了，再也不起波瀾；在初次失望的時候我想像中還有個遼遠的東方，但如今東方只在我的心上留下一個鮮明的新傷，我更有甚麼希冀，更有甚麼心情？但我每晚還是不自主的到這飯店裏來小坐，正如死去的鬼魂忘不了他的老家！我這一生的經驗本不想再向人前吐露的，誰知又碰着了你，苦苦的追着我，逼我再一度撩撥死盡的火灰，這來你夠明白了，為甚麼我老是這落漠的神情，我猜你也是過路的客人，我深深自幸又接近一次人情的溫慰，但我不敢希望甚麼，我的心是死定了的，時候也不早了，你看方才舞影凌亂的地板上現在只剩一片冷淡的燈光，侍役們已經收拾乾淨，我們也該走了，再會吧，多情的朋友！

二 「先生，你見過豔麗的肉沒有？」

我在巴黎時常去看一個朋友，他是一個畫家，住在一條老聞着魚腥的小街底頭一所老屋子的頂上一個 A 字式的尖閣裏，光線暗慘得怕人，白天就靠兩塊日光胰子大小的玻璃窗給裝裝幌，反正住的人不嫌就得，他是照例不過正午不起身，不近天亮不上牀的一位先生，下午他也不居家，起碼總得上燈的時候他才脫下了他的開襟露出兩條破爛的臂膀埋身在他那豔麗的垃圾窩裏開始他的工作。

豔麗的垃圾窩 —— 它本身就是一幅妙畫！我說給你聽聽。貼牆有精窄的一條上面蓋着黑毛氈的算是他的牀，在這上面就准你規規矩矩的躺着，不說起坐一定扎腦袋，就連翻身也不免冒犯斜着下來永遠不退讓的屋頂先生的身分！承着頂尖全屋子頂寬舒的部分放着他的書桌 —— 我捏着一把汗叫它書桌，其實還用提嗎，上邊甚麼法寶都有，畫冊子、稿本、黑炭、顏色盤子、爛襪子、領結、軟領子、熱水瓶子壓癟了的、燒乾了的酒精燈、電筒、各色的藥瓶、彩油瓶、髒手絹、斷頭的筆杆、沒有蓋的墨水瓶子。一柄手槍，那是瞞不過我花七法郎在密歇耳大街路旁舊貨攤上換來的。照相鏡子、小手鏡、斷齒的梳子、蜜膏、晚上喝不完的咖啡杯、詳夢的小書，還有 —— 還有可疑的小紙盒兒，凡士林一類的油膏，……一隻破木板箱一頭漆着名字上面蒙着一塊灰色布的是他的梳妝台兼書架，一個洋瓷面盆半盆的胰子水似乎都叫一部舊版的盧騷集子給饕了去，一頂便帽套在洋瓷長提壺的耳柄上，從袋底裏倒出來的小銅錢錯落的散着像是土耳其

人的符咒，幾隻稀小的爛蘋果圍着一條破香蕉像是一羣大學教授們圍着一個教育次長索薪……

壁上看得更斑斕了：

「這是我頂得意的一張龐那[8]的底稿當廢紙買來的，這是我臨蒙內[9]的裸體，不十分行，我來撩起燈罩你可以看清楚一點，草色太濃了，那膝部畫壞了，這一小幅更名貴，你認是誰，羅丹的！那是我前年最大的運氣，也算是借來的，老巴黎就是這點子便宜，挨了半年八個月的餓不要緊，只要有機會撈着真東西，這還不值得！那邊一張擠在兩幅油畫縫裏的，你見了沒有，也是有來歷的，那是我前年趁馬克倒楣路過佛蘭克福德[10]時夾手搶來的，是真的孟察爾[11]都難說，就差糊了一點，現在你給三千法郎我都不賣，加倍再加倍都值，你信不信？再看那一長條……」

在他那手指東點西的賣弄他的家珍的時候，你竟會忘了你站着的地方是不夠六尺闊的一間閣樓，倒像跨在你頭頂那兩爿斜着下來的屋頂也順着他那藝術談法術似的隱了去，露出一個爽愷的高天，壁上的疙瘩、壁蟢窠、黴塊、釘疤，全化成了哥羅[12]畫幀中「飄飄欲化煙」的最美麗林樹與輕快的流潤；桌上的破領帶及手絹爛香蕉臭襪子等等也全變形成戴

---

⑧　龐那，通譯波納爾（1867—1947），法國畫家。

⑨　蒙內，通譯馬奈（1832—1883），法國印象派畫家。

⑩　佛蘭克福德，通譯法蘭克福，德國城市。

⑪　孟察爾，通譯孟克（1863—1944），挪威畫家。

⑫　哥羅，通譯柯羅（1796—1875），法國畫家。

大闊邊稻草帽的牧童們，偎着樹打盹的，牽着牛在澗裏喝水的，手反襯着腦袋放平在青草地上瞪眼看天的，斜眼溜着那邊走進來的娘們手按着音腔吹橫笛的 —— 可不是那邊來了一羣娘們，全是年歲輕輕的，露着胸膛，散着頭髮，還有光着白腿的在青草地上跳着來了？……

「唵！小心扎腦袋，這屋子真別扭，你出甚麼神來了？想着你的 Bel Ami⑬對不對？你到巴黎快半個月，該早有落兒了，這年頭收成真容易 —— 嘸，太容易了！誰說巴黎不是理想的地獄？你吸煙斗嗎？這兒有自來火。對不起，屋子裏除了牀，就是那張彈簧早經追悼過了的沙發，你坐坐吧，給你一個墊子，這是全屋子頂溫柔的一樣東西。」

不錯，那沙發，這閣樓上要沒有那張沙發，主人的風格就落了一個極重要的原素。說它肚子裏的彈簧完全沒了勁，在主人說是太謙，在我說是簡直污蔑了它。因為分明有一部分內簧是不曾死透的，那在正中間，看來倒像是一座分水嶺，左右都是往下傾的，我初坐下時不提防它還有彈力，倒叫我駭了一下；靠手的套布可真是全黴了，露着黑黑黃黃不知是甚麼貨色，活像主人襯衫的袖子。我正落了座，他咬了咬嘴脣翻一翻眼珠微微的笑了。「笑甚麼了你？」「我笑 —— 你坐上沙發那樣兒叫我想起愛菱。」「愛菱是誰？」「她呀 —— 她是我第一個模特兒。」「模特兒？你的？你的破房子還有模特兒，你這窮鬼花得起……」

---

⑬　法語，好朋友。

「別急，究竟是中國初來的，聽了模特兒就這樣的起勁，看你那脖子都上了紅印了！本來不算事，當然，可是我說像你這樣的破雞棚……破雞棚便怎麼樣，耶穌生在馬號裏的，安琪兒們都在馬矢裏跪着禮拜哪！別忙，好朋友，我講你聽。如其巴黎人有一個好處，他就是不勢利！中國人頂糟了，這一點；窮人有窮人的勢利，闊人有闊人的勢利，半不闌珊的有半不闌珊的勢利——那才是半開化，才是野蠻！你看像我這樣子，頭髮像刺蝟，八九天不刮的破鬍子，半年不收拾的髒衣服，鞋帶扣不上的皮鞋——要在中國，誰不叫我外國叫化子，哪配進北京飯店一類的勢利場；可是在巴黎，我就這樣兒隨便問那一個衣服頂漂亮脖子搽得頂香的娘們跳舞，十回就有九回成，你信不信？至於模特兒，那更不成話，哪有在巴黎學美術的，不論多窮，一年裏不換十來個眼珠亮亮的來坐樣兒？屋子破更算甚麼？波希民[14]的生活就是這樣，按你說模特兒就不該坐壞沙發，你得準備杏黃貢緞繡丹鳳朝陽做墊的太師椅請她坐你才安心對不對？再說……」

「別再說了！算我少見世面，算我是鄉下老戇，得了；可是說起模特兒，我倒有點好奇，你何妨講些經驗給我長長見識？有真好的沒有？我們在美術院裏見着的甚麼維納絲

---

14 波希民，英語 Bohemian 的音譯，即波希米亞，此處指生活放蕩不羈的藝術家。

得米羅^⑮，維納絲梅第妻^⑯，還有鐵青^⑰的，魯班師^⑱的，鮑第千里^⑲的，丁稻來篤^⑳的，箕奧其安內^㉑的裸體實在是太美，太理想，太不可能，太不可思議；反面說，新派的比如雪尼約克^㉒的，瑪提斯^㉓的，塞尚的，高耿^㉔的，弗朗剌馬克^㉕的，又是太醜，太損，太不像人，一樣的太不可能，太不可思議。人體美，究竟怎麼一回事？我們不幸生長在中國女人衣服一直穿到下巴底下腰身與後部看不出多大分別的世界裏，實在是太蒙昧無知，太不開眼。可是再說呢，東方人也許根本就不該叫人開眼的，你看過約翰巴里士^㉖那本《沙揚娜拉》沒有，他那一段形容一個日本裸體舞女 —— 就是一張臉子粉搽得像

---

⑮　維納絲得米羅，通譯米羅的維納斯，米羅是意大利的一個島嶼。

⑯　維納絲梅第妻，通譯維納斯梅迪西，梅迪西是意大利的愛神。

⑰　鐵青，通譯提香（1490—1576），意大利文藝復興盛期威尼斯派畫家。

⑱　魯班師，通譯魯本斯（1577—1640），佛蘭德斯畫家。

⑲　鮑第千里，通譯波提切利（1445—1510），意大利文藝復興盛期畫家。

⑳　丁稻來篤，通譯丁托列托（1518—1594），意大利文藝復興後期威尼斯派畫家。

㉑　箕奧其安內，通譯喬爾喬尼（1477—1510），意大利文藝復興時期威尼斯派畫家。

㉒　雪尼約克，通譯西涅克（1863—1935），法國新印象派畫家。

㉓　瑪提斯，通譯馬蒂斯（1869—1954），法國畫家，野獸派代表人物。

㉔　高耿，通譯高更（1849—1903），法國畫家，後印象派代表人物。

㉕　弗朗剌馬克，通譯弗朗茨·馬爾克（1880—1916），德國畫家，表現主義畫派代表人物。

㉖　約翰巴里士，通譯約翰·貝勒斯（1654—1725），英國教育思想家。

名家散文必讀系列·徐志摩

棺材裏爬起來的顏色，此外耳朵以後下巴以下就比如一節蒸不透的珍珠米！—— 看了真叫人噁心。你們學美術的才有第一手的經驗，我倒是……

「你倒是真有點羨慕，對不對？不怪你，人總是人。不瞞你說，我學畫畫原來的動機也就是這點子對人體祕密的好奇。你說我窮相，不錯，我真是窮，飯都吃不出，衣都穿不全，可是模特兒 —— 我怎麼也省不了。這對人體美的欣賞在我已經成了一種生理的要求，必要的奢侈，不可擺脫的嗜好；我寧可少吃儉穿，省下幾個法郎來多僱幾個模特兒。你簡直可以說我是着了迷，成了病，發了瘋，愛說甚麼就甚麼，我都承認 —— 美的分配在人體上是極神祕的一個現象，我不信有理想的全材，不論男女我想幾乎是不可能的；上帝拿着一把顏色望地面上撒，玫瑰、羅蘭、石榴、玉簪、剪秋羅，各樣都沾到了一種或幾種的彩澤，但決沒有一種花包涵所有可能的色調的，那如其有，按理論講，豈不是又得回複了沒顏色的本相？人體美也是這樣的，有的美在胸部，有的腰部，有的下部，有的頭髮，有的手，有的腳踝，那不可理解的骨骼，筋肉，肌理的會合，形成各個不同的線條，色調的變化，皮面的漲度，毛管的分配，天然的姿態，不可制止的表情 —— 也得你不怕麻煩細心體會發見去，上帝沒有這樣便宜你的事情，他決不給你一個具體的絕對美，如果有我們所有藝術的努力就沒了意義；巧妙就在你明知這山裏有金子，可是在哪一點你得自己下工夫去找。啊！說起這藝術家審美的本能，我真要閉着眼感謝上帝 —— 要不是它，豈不是所有人體的美，說窄一點，都變了古長安道上歷代帝

王的墓窟，全叫一層或幾層薄薄的衣服給埋沒了！回頭我給你看我那張破牀底下有一本寶貝，我這十年血汗辛苦的成績 —— 千把張的人體臨摹，而且十分之九是在這間破雞棚裏勾下的，別看低我這張彈簧早經追悼了的沙發，這上面落坐過至少一二百個當得起美字的女人！別提專門做模特兒的，巴黎哪一個不知道俺家黃臉甚麼，那不算希奇，我自負的是我獨到的發見：一半因為看多了緣故，女人肉的引誘在我差不多完全消滅在美的欣賞裏面。」

「夠了夠了！我倒叫你說得心癢癢的。人體美！這門學問，這門福氣，我們不幸生長在東方誰有機會研究享受過來？可是我既然到了巴黎，又幸氣碰着你，我倒真想叨你的光開開我的眼，你得替我想法，要找在你這宏富的經驗中比較最貼近理想的一個看看……」

「你又錯了！甚麼，你意思花就許巴黎的花香，人體就許巴黎的美嗎？太滅自己的威風了！別信那巴里士甚麼《沙揚娜拉》的胡說；聽我說，正如東方的玫瑰不比西方的玫瑰差甚麼香味，東方的人體在得到相當的栽培以後，也同樣不能比西方的人體差甚麼美 —— 除了天然的限度，比如骨骼的大小，皮膚的色彩。同時頂要緊的當然要你自己性靈裏有審美的活動，你得有眼睛，要不然這宇宙不論它本身多美多神奇在你還是白來的。我在巴黎苦過這十年，就為前途有一個宏願：我要張大了我這經過訓練的眼到東方去發見人體美 —— 誰說我沒有大文章做出來？至於你要借我的光開開眼，那是最容易不過的事情，可是我想想 —— 可惜了！有

個馬達姆[27]朗灑，原先在巴黎大學當物理講師的，你看了准忘不了，現在可不在了，到倫敦去了；還有一個馬達姆薛托漾，她是遠在南邊鄉下開麵包鋪子的，她就夠打倒你所有的丁稻來篤，所有的鐵青，所有的箕奧其安內——尤其是給你這未入流看，長得太美了，她通體就看不出一根骨頭的影子，全叫勻勻的肉給隱住的，圓的，潤的，有一致節奏的，那妙是一百個哥蒂藹[28]也形容不全的，尤其是她那腰以下的結構，真是奇跡！你從意大利來該見過西龍尼維納絲[29]的殘像，就那也只能彷彿，你不知道那活的氣息的神奇，甚麼大藝術天才都沒法移植到畫布上或是石塑上去的（因此我常常自己心裏辯論究竟是藝術高出自然還是自然高出藝術，我怕上帝僭先的機會畢竟比凡人多些）……我有了一個頂好的主意，你遠來客我也該獨出心裁招待你一次，好在愛菱與我特別的熟，暫且約定後天吧，你上午十二點到我這裏來，我們一同到芳丹薄羅的大森林裏去，那是我常遊的地方，尤其是阿房奇石相近一帶，那邊有的是天然的地毯，這一時是自然最妖豔的日子，草青得滴得出翠來，樹綠得漲得出油來，松鼠滿地滿樹都是，也不很怕人，頂好玩的，我們決計到那一帶去祕密野餐吧——至於「開眼」的話，我包你一個百二十分的滿足，將來一定是你從歐洲帶回家最不易磨滅的一個印象！一切有我佈置去，你要是願意貢獻的話，也不用

㉗　馬達姆，法語 Madam 的音譯，即「女士」。

㉘　哥蒂藹，通譯戈蒂埃（1811—1872），法國詩人、小說家、批評家。

㉙　西龍尼維納絲，通譯西龍尼維納斯·西龍尼，古希臘城市。

別的，就要你多買大楊梅，再帶一瓶橘子酒，一瓶綠酒，我們享半天閒福去。現在我講得也累了，我得躺一會兒，我拿我牀底下那本祕本給你先揣摹揣摹⋯⋯

隔一天我們從芳丹薄羅林子裏回巴黎的時候，我彷彿剛做了一個最荒唐，最豔麗，最祕密的夢。

一九二五年　冬

「就使打破了頭，
也還要保持我靈魂的自由」

❙ 導讀

　　經過了「五四運動」的啟蒙和劍橋生活的熏陶，徐志摩視自由主義為一種「單純的信仰」（《猛虎集・序》）。1922 年 10 月，徐志摩離英回國，但仍堅持追求理想。1923 年 1 月，蔡元培因為羅文幹案對教長彭允彝不滿而辭去北大校長一職，並於 1923 年 1 月 17 日在《晨報》上發表不與北洋政府合作的宣言，北京學生也發起學潮向政府抗議。1 月 28 日，徐志摩在《努力週報》第 39 期發了《就使打破了頭，也還要保持我靈魂的自由》一文，聲援蔡元培。

　　在此文中，徐志摩抨擊北洋政府的統治，堅持「理想主義的行為和人格」，支持蔡元培先生的主張，讚揚蔡元培的行動是「拿人格的頭顱去撞開地獄門的犧牲精神」，熱烈呼籲知識分子正確認識這次風潮，並懷抱着劍橋文化所孕育的英國式的民主政治理想，積極倡言：「我們應該積極同情這番拿人格頭顱去撞開地獄門的精神。」隨後在 1924 年所寫的《嬰兒》、《為要尋一個明星》等作品中，徐志摩繼續抒發着他對民主自由的理想的追求，在他看來，「『無理想的民族必亡』，是一句不刊的真言。」

照羣眾行為看起來，中國人是最殘忍的民族。

照個人行為看起來，中國人大多數是最無恥的個人。慈悲的真義是感覺人類應感覺的感覺，和有膽量來表現內動的同情。中國人只會在殺人場上聽小熱昏[1]，決不會在法庭上賀喜判決無罪的刑犯；只想把潔白的人齊拉入混濁的水裏，不會原諒拿人格的頭顱去撞開地獄門的犧牲精神，只是「幸災樂禍」、「投井下石」，不會冒一點子險去分肩他人為正義而奮鬥的負擔。

從前在歷史上，我們似乎聽見過有甚麼義呀俠呀，甚麼當仁不讓，見義勇為的榜樣呀，氣節呀，廉潔呀，等等。如今呢，只聽見神聖的職業者接受蜜甜的「冰炭敬」，磕拜壽祝福的響頭，到處只見拍賣人格、「賤賣靈魂」的招貼。這是革命最彰明的成績，這是華族民國最動人的廣告！

「無理想的民族必亡」，是一句不刊的真言。我們目前的社會政治走的只是卑污苟且的路，最不能容許的是理想，因為理想好比一面大鏡子，若然擺在面前，一定照出魑魅魍魎[2]的醜跡。莎士比亞的醜鬼卡立朋（Caliban）[3]有時在海水裏照出自己的尊容，總是惱羞成怒的。

所以每次有理想主義的行為或人格出現，這卑污苟且的社會一定不能容忍；不是拳打腳踢，也總是冷嘲熱諷，總要

---

① 小熱昏，江浙一帶民間的一種曲藝形式。

② 魑魅魍魎（chī mèi wǎng liǎng），各種妖魔鬼怪。

③ 卡立朋，通譯凱列班，莎士比亞戲劇《暴風雨》中的人物，野蠻醜陋。

把那三閭大夫硬推入汨羅江底④，他們方才放心。

我們從前是儒教國，所以從前理想人格的標準是智仁勇。現在不知道變成了甚麼國了，但目前最普通人格的通性，明明是愚暗殘忍懦怯，正得一個反面。但是真理正義是永生不滅的聖火，也許有時遭被蒙蓋掩翳罷了。大多數的人一天二十四點鐘的時間內，何嘗沒有一刹那清明之氣的回復？但是誰有膽量來想他自己的想，感覺他內動的感覺，表現他正義的衝動呢？

蔡元培所以是個南邊人說的「戇大」，愚不可及的書呆子，卑污苟且社會裏的一個最不合時宜的理想者；所以他的話是沒有人能懂的；他的主張，他的理想，尤其是一盆飛旺的炭火，大家怕炙手，如何敢去抓呢？

「小人知進而不知退。」

「小忍為同流合污之苟安。」

「不合作主義。」

「為保持人格起見……」

「生平僅知是非公道，從不以人為單位。」

這些話有多少人能懂，有多少人敢懂？

這樣的一個理想者，非失敗不可；因為理想者總是失敗的。若然理想勝利，那就是卑污苟且的社會政治失敗——那是一個過於奢侈的希望了。

有知識有膽量能感覺的男女同志，應該認明此番風潮是

165

---

④　指屈原投汨羅江自盡，屈原被封為三閭大夫。

個道德問題；隨便彭允彝⑤京津各報如何淆惑，如何謠傳，如何去牽涉政黨，總不能掩沒這風潮裏面一點子理想的火星。要保全這點子小小的火星不滅，是我們的責任，是我們良心上的負擔；我們應該積極同情這番拿人格頭顱去撞開地獄門的精神！

⑤　彭允彝，當時北京政府的教育總長，逮捕北京大學進步教授，引發社會爭議。

我 的 祖 母 之 死

◖ **導讀**

　　1923 年 8 月 27 日，徐志摩的祖母逝世。徐志摩自幼受祖母的厚愛，祖母之死令其極為傷悲。心緒稍定之後，11 月 24 日，他作長文《我的祖母之死》以表哀思。

　　徐志摩首先寫道，生與死在天真的孩子眼裏是沒有差別的。接着回想他幼時以來的經歷，發現關於「死的實在的狀況」相當隔膜，不禁感歎被種種知識裝點的書生「關於真正人生基本的事實的實在」卻不甚了了，沒有經歷過「精神或心靈的大變」，因此也只是「在生命的戶外徘徊」。而祖母之死終於讓他的心靈遭受到了「實在的寒凍」，他追述祖母從生命垂危到最終離世的全過程，想到親眷對祖母的難以割捨，真切地感受到知識在感情面前的軟弱無力，文末更將祖母深厚的慈蔭，升華為一種人生哲學——「如果我們的生前是盡責任的，是無愧的，我們就會安坦的走近我們的墳墓，我們的靈魂裏不會有慚愧或悔恨的齒痕」，換言之，只要生前盡職盡責、問心無愧，就能泰然地面對死亡。

　　徐志摩親歷慈愛的祖母離開人世，不禁生出諸多關於人生的冥想，於是便「跑野馬」式的盡情揮灑，但「志摩的文章無論扯離題多遠，他的文章永遠是用心寫的」（梁實秋：《談徐志摩的散文》）。正因為是用心之作，《我的祖母之死》的文心並未因其恣

意的傾瀉而散漫不可收，在徐志摩看來，骨肉之情是織就人生的經緯，故他始終在讚美醇厚且絲毫不因理智發達而淡薄的人間真情，因為受深厚情誼滋養的他，對感情懷有堅定的信仰。

一

> 一個單純的孩子，
> 過他快活的時光，
> 興沖沖的，活潑潑的，
> 何嘗識別生存與死亡？

這四行詩是英國詩人華茨華斯（William Wordsworth）①一首有名的小詩叫做「我們是七人」（*We are Seven*）的開端，也就是他的全詩的主意。這位愛自然，愛兒童的詩人，有一次碰着一個八歲的小女孩，髮卷蓬鬆的可愛，他問她兄弟姊妹共有幾人，她說我們是七個，兩個在城裏，兩個在外國，還有一個姊妹一個哥哥，在她家裏附近教堂的墓園裏埋着。但她小孩的心裏，卻分不清生與死的界限，她每晚攜着她的乾點心與小盤皿，到那墓園的草地裏，獨自的吃，獨自的唱，唱給她的在土堆裏眠着的兄姊聽，雖則他們靜悄悄的莫有回響，她爛漫的童心卻不曾感到生死間有不可思議的阻隔；所以任憑華翁多方的譬解，她只是睜着一雙靈動的小眼，回答說：

「可是，先生，我們還是七人。」

二

其實華翁自己的童真，也不讓那小女孩的完全。他曾

---

① 華茨華斯，通譯華茲華斯（1770—1850），英國浪漫主義詩人。

經說：「在孩童時期，我不能相信我自己有一天也會得悄悄的躺在墳裏，我的骸骨會得變成塵土。」又一次他對人說：「我做孩子時最想不通的，是死的這回事將來也會得輪到我自己身上。」

孩子們天生是好奇的，他們要知道貓兒為甚麼要吃耗子，小弟弟從哪裏變出來的，或是究竟先有雞還是先有雞蛋；但人生最重大的變端——死的現象與實在，他們也只能含糊的看過，我們不能期望一個個小孩子們都是搔頭窮思的丹麥王子。他們臨到喪故，往往跟着大人啼哭；但他只要眼淚一乾，就會到院子裏踢毽子，趕蝴蝶，即使在屋子裏長眠不醒了的是他們的親爹或親娘，大哥或小妹，我們也不能盼望悼死的悲哀可以完全翳蝕了他們稚羊小狗似的歡欣。你如其對孩子說，你媽死了，你知道不知道——他十次裏有九次只是對着你發呆；但他等到要媽叫媽，媽偏不應的時候，他的嫩頰上就會有熱淚流下。但小孩天然的一種表情，往往可以給人們最深的感動。我生平最忘不了的一次電影，就是描寫一個小孩愛戀已死母親的種種天真的情景。她在園裏看種花，園丁告訴她這花在泥裏，澆下水去，就會長大起來。那天晚上天下大雨，她睡在牀上，被雨聲驚醒了，忽然想起園丁的話，她的小腦筋裏就發生了絕妙的主意。她偷偷的爬出了牀，走下樓梯，到書房裏去拿下桌上供着的她死母的照片，一把揣在懷裏，也不顧傾倒着的大雨，一直走到園裏，在地上用園丁的小鋤掘鬆了泥土，把她懷裏的親媽，謹慎的取了出來，栽在泥裏，把鬆泥掩護着，她做完了工就蹲在那裏守候，穿着白色的睡衣，在深夜的暴雨裏，蹲在露天

的地上，專心篤意的盼望已經死去的親娘，像花草一般，從泥土裏發長出來！

三

我初次遭逢親屬的大故，是二十年前我祖父的死，那時我還不滿六歲。那是我生平第一次可怕的經驗，但我追想當時的心理，我對於死的見解也不見得比華翁的那位小姑娘高明。我記得那天夜裏，家裏人吩咐祖父病重，他們今夜不睡了，但叫我和我的姊妹先上樓睡去，回頭要我們時他們會來叫的，我們就上樓去睡了，底下就是祖父的臥房，我那時也不十分明白，只知道今夜一定有很怕的事，有火燒，強盜搶，做怕夢一樣的可怕。我也不十分睡着，只聽得樓下的急步聲、碗碟聲、喚婢僕聲、隱隱的哭泣聲，不息的響着。過了半夜，他們上來把我從睡夢裏抱了下去，我醒過來只聽得一片的哭聲，他們已經把長條香點起來，一屋子的煙，一屋子的人，圍攏在牀前，哭的哭，喊的喊，我也捱了過去，在人叢裏偷看大牀裏的好祖父。忽然聽說醒了醒，哭喊聲也歇了，我看見父親趴在牀裏，把病父抱持在懷裏。祖父倚在他的身上，雙眼緊閉着，口裏銜着一塊黑色的藥物，他說話了，很輕的聲音，雖則我不曾聽明他說的甚麼話，後來知道他經過了一陣昏暈，他又醒了過來對家人說：「你們吃嚇了，這算是小死。」他接着又說了好幾句話，隨講音隨低，呼氣隨微，去了，再不醒了，但我卻不曾親見最後的彌留，也許是我記不起，總之我那時早已跪在地板上，手裏擎着香，跟大眾高聲的哭喊了。

四

　　此後我在親戚家收殮雖則看得不少，但死的實在的狀況卻不曾見過。我們唸書人的幻想是比較的豐富，但往往因為有了幻想力，就不管生命現象的實在，結果是書呆子，陸放翁說的「百無一用是書生」。人生的範圍是無窮的，我們少年時精力充足甚麼都不怕嘗試，只愁沒有出奇的事情做，往往抱怨這宇宙太窄，青天太低，大鵬似的翅膀飛不痛快，但是……但是平心的說，且不論奇的、怪的、特別的、離奇的，我們姑且試問人生裏最基本的事實，最單純的、最普遍的、最平庸的、最近人情的經驗，我們究竟能有多少的把握，我們能有多少深徹的了解，我們是否都親身經歷過？譬如說：生產、戀愛、痛苦、悲、死、妒、恨、快樂、真疲倦、真飢餓、渴、毒焰似的渴、真的幸福、凍的刑罰、懺悔，種種的情熱。我可以說，我們平常人生觀、人類、人道、人情、真理、哲理、本能等等名詞不離口吻的唸書人們，甚麼文學家，甚麼哲學家——關於真正人生基本的事實的實在，知道的——恐怕是極微至少，即便不等於圓圈。我有一個朋友，他和夫人的感情極厚，一次他夫人臨到難產，因為在外國，所以進醫院甚麼都得他自己照料，最後醫生宣言只有用手術一法，但性命不能擔保，他沒有法子，只好和他半死的夫人訣別（解剖時親屬不准在旁的）。滿心毒魔似的難受，他出了醫院，走在道上，走上橋去，像得了離魂病似的，心脈舂臼似的跳着，最後他聽着了教堂和緩的鐘聲，他就不自主的跟着鐘聲，進了教堂，跟着做禮拜的跪着，禱告、懺悔、祈求、唱詩、流淚（他並不是信教的

人），他這樣的捱過時刻，後來回轉醫院時，一步步都是殘酷的磨難，比上刑場的犯人，加倍的難受，他怕見醫生與看護婦，彷彿他的命運是在他們的手掌裏握着。事後他對人說：「我這才知道了人生一點子的意味！」

五

所以不曾經歷過精神或心靈的大變的人們，只是在生命的戶外徘徊，也許偶爾猜想到幾分牆內的動靜，但總是浮的淺的，不切實的，甚至完全是隔膜的。人生也許是個空虛的幻夢，但在這幻象中，生與死，戀愛與痛苦，畢竟是陡起的奇峯，應得激動我們彷徨者的注意，在此中也許有可以感悟到一些幻裏的真，虛中的實，這浮動的水泡不曾破裂以前，也應得飽吸自由的日光，反射幾絲顏色！

我是一隻不羈的野駒，我往往縱容想像的猖狂，詭辯人生的現實：比如憑借凹折的玻璃，覺察當前景色。但時而復再，我也能從煩囂的雜響中聽出清新的樂調，在炫耀的雜彩裏，看出有條理的意匠。這次祖母的大故，老家庭的生活，給我不少靜定的時刻，不少深刻的反省。我不敢説我因此感悟了部分的真理，或是取得了苦幹的智慧；我只能説我因此與實際生活更深了一層的接觸，益發激動我對奇的探討，益發使我驚訝這迷謎的玄妙，不但死是神奇的現象，不但生命與呼吸是神奇的現象，就連日常的生活與習慣與迷信，也好像放射着異樣的光閃，不容我們擅用一兩個形容詞來概狀，更不容我們倡言甚麼主義來抹煞 —— 一個革新者的熱心，碰着了實在的寒冰！

六

我在我的日記裏翻出一封不曾寫完不曾付寄的信，是我祖母死後第二天的早上寫的。我那時在極強烈的極鮮明的時刻內，很想把那幾日經過感想與疑問，痛快的寫給一個同情的好友，使他在數千里外也能分嚐我強烈的鮮明的感情。那位同情的好友我選中了通伯[②]，但那封信卻只起了一個呆重的頭，一為喪中忙，二是我那時眼熱不耐用心，始終不曾寫就，一直挨到現在再想補寫，恐怕強烈已經變弱，鮮明已經變暗，逃亡的思緒，不易追獲的了。我現在把那封殘信錄到這裏，再來追摹當時的情景。

通伯：

我的祖母死了！從昨夜十時半起，直到現在，滿屋子只是號啕呼搶的悲音，與和尚、道士、女僧的禮懺鼓磬聲。二十年前祖父喪時的情景，如今又在眼前了。忘不了的情景！你願否聽我講些？

我一路回家，怕的也許已經見不到老人，但老人卻在生死的交關彷彿存心的彌留着，等待她最鍾愛的孫兒——即不能與他開言訣別，也使他尚能把握她依然溫暖的手掌，撫摩她依然跳動着的胸懷，凝視她依然能自開自闔雖則不再能表情的目睛。她的病是腦充血的一種，中醫稱為「卒中」（最難救的中風）。她十日前在暗房裏躓僕倒地，從此不再

---

② 通伯，即陳源（西瀅）。

開口出言，登仙似的結束了她八十四年的長壽，六十年良妻與賢母的辛勤，她現在已經永遠的脫辭了煩惱的人間，還歸她清靜自在的來處。我們承受她一生的厚愛與蔭澤的兒孫，此時親見，將來追念，她最後的神化，不能自禁中懷的摧痛，熱淚暴雨似的盆湧，然痛心中卻亦隱有無窮的讚美，熱淚中依稀想見她功成德備的微笑，無形中似有不朽的靈光，永遠的臨照她綿衍的後裔……

七

舊曆的乞巧那一天，我們一大羣快活的遊蹤，驢子灰的黃的白的，轎子四個腳夫抬的，正在山海關外，紆迴的、曲折的繞登角山的棲賢寺，面對着殘圮的長城，巨蟲似的爬山越嶺，隱入煙靄的迷茫。那晚回北戴河海濱住處，已經半夜，我們還打算天亮四點鐘上蓮峯山去看日出，我已經快上牀，忽然想起了，出去問有信沒有，聽差遞給我一封電報，家裏來的四等電報。我就知道不妙，果然是「祖母病危速回」！我當晚就收拾行裝，趕早上六時車到天津，晚上才上津浦快車。正嫌路遠車慢，半路又為發水沖壞了軌道過不去，一停就停了十二點鐘有餘，在車裏多過了一夜，直到第三天的中午方才過江上滬寧車。這趟車如其準點到上海，剛好可以接上滬杭的夜車，誰知道又誤了點，誤了不多不少的一分鐘，一面我們的車進站，他們的車頭嗚的一聲叫，別斷別斷的去了！我若然懸空身子，還可以冒險跳車，偏偏我的一雙手又被行李僱定了，所以只得定着眼睛送滬杭車離站遠

去，直到八月二十二日的中午我方才到家。我給通伯的信說
怕的是已經見不着老人，在路上那幾天真是難受，縮不短的
距離沒有法子，但是那急人的水發，急人的火車，幾面湊攏
來，叫我整整的遲一晝夜到家！試想病危了的八十四歲的老
人，這二十四點鐘不是容易過的，說不定她剛巧在這個期間
內有甚麼動靜，那才叫人抱愧哩！可是結果還算沒有多大的
差池 —— 她老人家還在生死的交關等着！

八

　　奶奶 —— 奶奶 —— 奶奶！奶 —— 奶！你的孫兒回來
了，奶奶！沒有回音。老太太闔着眼，仰面躺在牀裏，右手
拿着一把半舊的鵰翎扇很自在的搧動着。老太太原來就怕
熱，每到暑天總是扇子不離手的，那幾天又是特別的熱。
這還不是好好的老太太，呼吸頂勻淨的，定是睡着了，誰說
危險！奶奶，奶奶！她把扇子放下了，伸手去摸着頭頂上掛
着的冰袋，一把抓得緊緊的，呼了一口長氣，像是暑天趕道
兒的喝了一碗涼湯似的，這不是她明明的有感覺不是？我
把她的手握在手裏，她似乎感覺我手心的熱，可是她也讓
我握着，她開了眼了！右眼張得比左眼開些，瞳子卻是發
呆，我拿手指在她的眼前一挑，她也沒有瞬，那準是她瞧不
見了 —— 奶奶！奶奶！ —— 她也真沒有聽見，難道她真是
病了，真是危險，這樣愛我疼我寵我的好祖母，難道真會
得……我心裏一陣的難受，鼻子裏一陣的酸，滾熱的眼淚
就迸了出來。這時候牀前已經擠滿了人，我的這位，我的那
位，我一眼看過去，只見一片慘白憂愁的面色，一雙雙裝滿

了淚珠的眼眶。我的媽更看的憔悴。她們已經伺候了六天六夜，媽對我講祖母這回不幸的情形，怎樣的她夜飯前還在大廳上吩咐事情，怎樣的飯後進房去自己擦臉，不知怎樣的閃了下去，外面人聽着響聲才進去，已經是不能開口了，怎樣的請醫生，一直到現在還沒有轉機……

　　一個人到了天倫骨肉的中間，整套的思想情緒，就變換了式樣與顏色。你的不自然的口音與語法沒有用了；你的耀眼的袍服可以不必穿了；你的潔白的天使的翅膀，預備飛翔出人間到天堂的，不便在你的慈母跟前自由的開豁；你的理想的樓台亭閣，也不易輕易的放進這二百年的老屋；你的佩劍、要塞，以及種種的防禦，在爭競的外界即使是必要的，到此只是可笑的累贅。在這裏，不比在其餘的地方，他們所要求於你的，只是隨熟的聲音與笑貌，只是好的，純粹的本性，只是一個沒有斑點子的赤裸裸的好心。在這些純愛的骨肉的經緯中間，不由得你不從你的天性裏抽出最柔糯亦最有力的幾縷絲線來加密或是縫補這幅天倫的結構。

　　所以我那時坐在祖母的牀邊，含着兩朵熱淚，聽母親敍述她的病況，我腦中發生了異常的感想，我像是至少逃回了二十年的光陰，正如我膝前子姪輩一般的高矮，回復了一片純樸的童真，早上走來祖母的牀前，揭開帳子叫一聲軟和的奶奶，她也回叫了我一聲，伸手到裏牀去摸給我一個蜜棗或是三片狀元糕，我又叫一聲奶奶，出去玩了，那是如何可愛的辰光，如何可愛的天真，但如今沒有了，再也不回來了。現在牀裏躺着的，還不是我親愛的祖母，十個月前我伴着到普陀登山拜佛清健的祖母，但現在何以不再答應我的呼喚，

何以不再能表情，不再能說話，她的靈性哪裏去了？

九

一天，一天，又是一天 —— 在垂危的病榻前過的時刻，不比平常飛駛無礙的光陰，時鐘上同樣的一聲嘀嗒，直接的打在你的焦急的心裏，給你一種模糊的隱痛 —— 祖母還是照樣的眠着，右手的脈自從起病以來已是極微僅有的，但不能動彈的卻反是有脈的左側，右手還時不時在揮扇，但她的呼吸還是一例的平均，面容雖不免瘦削，光澤依然不減，並沒有顯著的衰象，所以我們在旁邊看她的，差不多每分鐘都盼望她從這長期的睡眠中醒來，打一個哈欠，就開眼見人，開口說話 —— 果然她醒了過來，我們也不會覺得離奇，像是原來應當似的。但這究竟是我們親人絕望中的盼望，實際上所有的醫生，中醫、西醫、針醫，都已一致的回絕，說這是「不治之症」，中醫說這脈象是憑證，西醫說腦殼裏血管破裂，雖則植物性機能 —— 呼吸、消化 —— 不曾停止，但言語中樞已經斷絕 —— 此外更專門更玄學更科學的理論我也記不得了。所以暫時不變的原因，就在老太太本來的體元太好了，拳術家說的「一時不能散工」，並不是病有轉機的兆頭。

我們自己人也何嘗不明白這是個絕症；但我們卻總不忍自認是絕望：這「不忍」便是人情。我有時在病榻前，在淒悒的靜默中，發生了重大的疑問。科學家說人的意識與靈感，只是神經系最高的作用，這複雜，微妙的機械，只要部分有了損傷或是停頓，全體的動作便發生相當的影響；如

其最重要的部分受了擾亂，他不是變成反常的瘋癲，便是完全的失去意識。照這一說，體即是用，離了體即沒有用；靈魂是宗教家的大謊，人的身體一死甚麼都完了。這是最幹脆不過的說法，我們活着時有這樣有那樣已經盡夠麻煩，盡夠受，誰還有興致，誰還願意到墳墓的那一邊再去發生關係，地獄也許是黑暗的，天堂是光明的，但光明與黑暗的區別無非是人類專擅的假定，我們只要擺脫這皮囊，還歸我清靜，我就不願意頭戴一個黃色的空圈子，合着手掌跪在雲端裏受罪！

再回到事實上來，我的祖母 —— 一位神智最清明的老太太 —— 究竟在哪裏？我既然不能斷定因為神經部分的震裂她的靈感性便永遠的消滅，但同時她又分明的失卻了表情的能力，我只能設想她人格的自覺性，也許比平時消淡了不少，卻依舊是在着，像在夢魘裏將醒未醒時似的，明知她的兒女孫曾不住的叫喚她醒來，明知她即使要永別也總還有多少的囑咐，但是可憐她的睛球再不能反映外界的印象，她的聲帶與口舌再不能表達她內心的情意，隔着這脆弱的肉體的關係，她的性靈再不能與她最親的骨肉自由的交通 —— 也許她也在整天整夜的伴着我們焦急，伴着我們傷心，伴着我們出淚，這才是可憐，這才真叫人悲感哩！

十

到了八月二十七那天，離她起病的第十一天，醫生吩咐脈象大大的變了，叫我們當心，這十一天內每天她很困難的只嚥入幾滴稀薄的米湯，現在她的面上的光澤也不如早幾

天了，她的目眶更陷落了，她的口部的筋肉也更寬弛了，她右手的動作也減少了，即使拿起了扇子也不再能很自然的搧動了 —— 她的大限的確已經到了。但是到晚飯後，反是沒有甚麼顯象。同時一家人着了忙，準備壽衣的、準備冥銀的、準備香燈等等的。我從裏走出外，又從外走進裏，只見匆忙的腳步與嚴肅的面容。這時病人的大動脈已經微細的不可辨，雖則呼吸還不至怎樣的急促。這時一門的骨肉已經齊集在病房裏，等候那不可避免的時刻。到了十時光景，我和我的父親正坐在房的那一頭一張牀上，忽然聽得一個哭叫的聲音説 ——「大家快來看呀，老太太的眼睛張大了！」這尖鋭的喊聲，彷彿是一大桶的冰水澆在我的身上，我所有的毛管一齊豎了起來，我們跟蹌的奔到了牀前，擠進了人叢。果然，老太太的眼睛張大了，張得很大了！這是我一生從不曾見過，也是我一輩子忘不了的眼見的神奇。（恕罪我的描寫！）不但是兩眼，面容也是絕對的神變了（transfigured）；她原來皺縮的面上，發出一種鮮潤的彩澤，彷彿半瘀的血脈，又一次在全身通暢了。她那佈滿皺紋的面頰也都回復了異樣的豐潤；同時她的呼吸漸漸的上升，急進的短促，現在已經幾乎脫離了氣管，只在鼻孔裏脆響的呼出了。但是最神奇不過的是一隻眼睛！她的瞳孔早已失去了收斂性，呆頓的放大了。但是最後那幾秒鐘，不但眼眶是充分的張開了，不但黑白分明，瞳孔鋭利的緊斂了，並且放射着一種不可形容，不可信的輝光，我只能稱它為「生命最集中的靈光」！這時候牀前只是一片的哭聲，子媳喚着娘，孫子喚着祖母，婢僕爭喊着老太太，幾個稚齡的曾孫，也跟

着狂叫太太……但老太太最後的開眼，彷彿是與她親愛的骨肉，作無言的訣別，我們都在號泣的送終，她也安慰了，她放心的去了。在幾秒鐘內，死的黑影已經移上了老人的面部，遏滅了生命的異彩，她最後的呼氣，正似水泡破裂，電光杳滅，菩提的一響，生命呼出了竅，甚麼都止息了。

十一

我滿心充塞了死象的神奇，同時又須顧管我有病的母親，她那時出性的號啕，在地板上滾着，我自己反而哭不出來；我自己也覺得奇怪，眼看着一家長幼的涕淚滂沱，耳聽着狂沸似的呼搶號叫，我不但不發生同情的反應，卻反而達到一個超感情的，靜定的，幽妙的意境，我想像的看見祖母脫離了軀殼與人間，穿着雪白的長袍，冉冉的上升天去，我只想默默的跪在塵埃，讚美她一生的功德，讚美她一生的圓寂。這是我的設想！我們內地人卻沒有這樣純粹的宗教思想；他們的假定是不論死的是高年厚德的老人或是無知無愆③的幼孩，或是罪大惡極的凶人，臨到彌留的時刻總是一例的有無常鬼、摸壁鬼，牛頭馬面、赤髮獠牙的陰差等等到門，拿着鐐鏈枷鎖，來捉拿陰魂到案。所以燒紙帛是平他們的暴戾，最後的呼搶是沒奈何的訣別。這也許是大部分臨死時實在的情景，但我們卻不能概定所有的靈魂都不免遭受這樣的凌辱。譬如我們的祖老太太的死，我只能想像她是登

---

③　愆（qiān），罪惡。

名家散文必讀系列・徐志摩

天，只能想像她慈祥的神化 —— 像那樣鼎沸的號啕，固然是至性不能自禁，但我總以為不如匍伏隱泣或禱默，較為近情，較為合理。

理智發達了，感情便失去了自然的濃摯；厭世主義的看來，眼淚與笑聲一樣是空虛的，無意義的。但厭世主義姑且不論，我卻不相信理智的發達，會得妨礙天然的情感；如其教育真有效力，我以為效力就在剝削了不合理性的「感情作用」，但決不會有損真純的感情；他眼淚也許比一般人流得少些，但他等到流淚的時候，他的淚才是應流的淚。我也是智識愈開流淚愈少的一個人，但這一次卻也真的哭了好幾次。一次是伴我的姑母哭的，她為產後不曾復元，所以祖母的病一直瞞着她，一直到了祖母故後的早上方才通知她。她扶病來了，她還不曾下轎，我已經聽出她在啜泣，我一時感覺一陣的悲傷，等到她出轎放聲時，我也在房中歔欷不住。又一次是伴祖母當年的贈嫁婢哭的。她比祖母小十一歲，今年七十三歲，亦已是個白髮的婆子，她也來哭她的「小姐」，她是見着我祖母的花燭的惟一的一個人，她的一哭我也哭了。

再有是伴我的父親哭的。我總是覺得一個身體偉大的人，他動情感的時候，動人的力量也比平常人偉大些。我見了我父親哭泣，我就忍不住要伴着淌淚。但是感動我最強烈的幾次，是他一人倒在牀裏，反覆的啜泣着，叫着媽，像一個小孩似的，我就感到最熱烈的傷感，在他偉大的心胸裏浪濤似的起伏，我就感到母子的感情的確是一切感情的起源與總結，等到一失慈愛的蔭庇，彷彿一生的事業頓時莫有了根

底，所有的快樂都不能填平這惟一的缺陷；所以他這一哭，我也真哭了。但是我的祖母果真是死了嗎？她的軀體是的，但她是不死的。詩人勃蘭恩德[④]（Bryant）說：

So live, that when thy summons comes to join
the innumerable caravan, which moves
to that mysterious realm where each one takes
his chamber in the silent halls of death,
then go not, like the quarry slave at night
scourged to his dungeon, but sustained and soothed .
By an unfaltering truth, approach thy grave
like one that wraps the drapery of his couch,
about him, and lies down to pleasant dreams[⑤].

　　如果我們的生前是盡責任的，是無愧的，我們就會安坦的走近我們的墳墓，我們的靈魂裏不會有慚愧或悔恨的齒痕。人生自生至死，如勃蘭恩德的比喻，真是大隊的旅客在不盡的沙漠中進行，只要良心有個安頓，到夜裏你臥倒在帳幕裏也就不怕噩夢來纏繞。

　　我的祖母，在那舊式的環境裏，到我們家來五十九年，真像是做了長期的苦工，她何嘗有一日的安閒，不必說子女

名家散文必讀系列・徐志摩

---

④　勃蘭恩德，通譯布萊恩特（1794—1878），美國詩人。
⑤　出自美國浪漫主義詩人布萊恩特《死亡冥想》，大意是不要害怕死亡，要帶着平靜的撫慰和永恆的信仰進入永遠的夢鄉。

的嫁娶，就是一家的柴米油鹽，掃地抹桌子，哪一件事不在八十歲老人早晚的心上！我的伯父快近六十歲了，但他的起居飲食，還差不多完全是祖母經管的，初出世的曾孫如其有些身熱咳嗽，老太太晚上就睡不安穩；她愛我寵我的深情，更不是文字所能描寫；她那深厚的慈蔭，真是無所不包，無所不蔽；但她的身心即使勞碌了一生，她的報酬卻在靈魂的無上平安；她的安慰就在她的兒女孫曾，只要我們能夠步到她的前列，各盡天定的責任，她在冥冥中也就永遠的微笑了。

十一月二十四日

傷雙栝老人

◖ **導讀**

「雙栝老人」即林長民，字宗孟，晚年門前栽雙栝樹，人稱其
為雙栝廬主人，亦稱雙栝老人。林長民為福建閩侯人，清末民初
的政治活動家，林徽因的父親，1925 年 12 月 20 日殤於郭松齡、
張作霖之戰，終年五十歲。

1920 年，徐志摩在英國結識了林長民，二人天性甚投，雖
然「年歲上差別不算少，一見面之後便互相引為知己」（林徽音：
《悼志摩》）。當時，林長民在倫敦，徐志摩在康橋，為了愉悅生
活，也因為二人均身受包辦婚姻的不幸，故商量扮作情侶，互通
「情書」，林扮有婦之夫，徐扮有夫之婦，雙方不能自由戀愛，惟
有藉助通信傳達情思。1925 年 12 月 24 日，林長民被流彈擊中身
亡，1926 年 2 月 3 日，在《晨報副刊》第 53 期上，徐志摩刊發
了《傷雙栝老人》，同期還刊登了林長民的《一封情書》。

林長民學養豐富、見識廣博、思想開明、秉性浪漫，人如其
得意之句「萬種風情無地着」，然而卻不幸落得「遼原白雪葬華
顛」的結局。在這篇《傷雙栝老人》中，徐志摩追念林長民「諧
趣天成的風懷」，讚賞其「無『執』無『我』」灑脫靈逸的人品，
感歎林氏難斷俗念而致喪命的遭際。在悼念林長民的同時，徐志
摩也真摯地抒發了對「髫年失怙的諸弟妹」及遠在海外的林徽因

的同情，請求林長民在天之靈佑護兒女健康、幸福地成長，傳承林氏家風，「共同增榮雪池雙桔的清名」。

看來你的死是無可置疑的了，宗孟先生，雖則你的家人們到今天還沒法尋回你的殘骸。最初消息來時，我只是不信，那其實是太兀突，太荒唐，太不近情。我曾經幾回夢見你生還，敍述你歷險的始末，多活現的夢境！但如今在栝樹凋盡了青枝的庭院，再不聞「老人」的謦欬[1]；真的沒了，四壁的白聯彷彿在微風中歎息。這三四十天來，哭你有你的內眷、姊妹、親戚，悼你的私交；惜你有你的政友與國內無數愛君才調的士夫。志摩是你的一個忘年的小友。我不來敷陳你的事功，不來歷敍你的言行；我也不來再加一份涕淚弔你最後的慘變。

　　魂兮歸來！此時在一個風雨滿天的深夜握筆，就只兩件事閃閃的在我心頭：一是你的諧趣天成的風懷，一是髫年失怙的諸弟妹，他們，你在時，哪一息不是你的關切，便如今，料想你彷徨的陰魂也常在他們的身畔飄逗。平時相見，我傾倒你的語妙，往往含笑靜聽，不叫我的笨澀羼雜[2]你的瑩澈，但此後，可恨這生死間無情的阻隔，我再沒有那樣的清福了！只當你是在我跟前，只當是消磨長夜的閒談，我此時對你說些瑣碎，想來你不至厭煩吧。

　　先說說你的弟妹。你知道我與小孩子們說得來，每回我到你家去，他們一羣四五個，連着眼珠最黑的小五，浪一般的擁上我的身來，牽住我的手，攀住我的頭，問這樣，問那

---

① 謦欬（qǐng kài），書面語，咳嗽。

② 羼（chàn）雜，同摻雜。

樣；我要走時他們就着了忙，搶帽子的，鎖門的，嗄^③着聲音苦求的 —— 你也曾見過我的狼狽。自從你的噩耗到後，可憐的孩子們，從不滿四歲到十一歲，哪懂得生死的意義，但看了大人們嚴肅的神情，他們也都發了呆，一個個木雞似的在人前愣着。有一天聽說他們私下在商量，想組織一隊童子軍，衝出山海關去替爸爸報仇！

「栝安」那虛報到的一個早上，我正在你家。忽然間一陣天翻似的鬧聲從外院陡起，一羣孩子擁着一位手拿電紙的大聲的歡呼着，衝鋒似的陷進了上房。果然是大勝利，該得慶祝的：「爹爹沒有事！」「爹爹好好的！」徽^④那裏平安電馬上發了去，省她急。福州電也發了去，省他們跋涉。但這歡喜的風景運定活不到三天，又叫接着來的消息給完全煞盡！

當初送你同去的諸君回來，證實了你的死信。那晚，你的骨肉一個個走進你的卧房，各自默恻恻的坐下，啊，那一陣子最難堪的噤寂，千萬種痛心的思潮在各個人的心頭，在這沉默的暗慘中，激盪、洶湧、起伏。可憐的孩子們也都淚瀅瀅的攢聚在一處，相互的偎着，半懂得情景的嚴重。霎時間，衝破這沉默，發動了放聲的號咷，骨肉間至性的悲哀 —— 你聽着嗎，宗孟先生，那晚有半輪黃月斜覘^⑤着北海白塔的淒涼？

---

③　嗄（shà），聲音嘶啞。
④　徽，指林長民的女兒林徽因，現代作家，建築學家。
⑤　覘（chān），窺視，觀測。

我知道你不能忘情這一羣童稚的弟妹。前晚我去你家時見小四小五在靈幃前翻着筋斗，正如你在時他們常在你的跟前獻技。「你爹呢？」我拉住他們問。「爹死了。」他們嘻嘻的回答，小五摟住了小四，一和身又滾做一堆！他們將來的養育是你身後唯一的問題——説到這裏，我不由的想起了你離京前最後幾回的談話。政治生活，你説你不但嘗夠而且厭煩了。這五十年算是一個結束，明年起你準備謝絕俗緣，親自教課膝前的子女；這一清心你就可以用功你的書法，你自覺你腕下的精力，老來只是健進，你打算再化二十年工夫，打磨你藝術的天才；文章你本來不弱，但你想望的卻不是甚麼等身的著述，你只求瀝一生的心得，淘成三兩篇不易衰朽的純晶。這在你是一種覺悟；早年在國外初識面時，你每每自負你政治的異稟，即在年前避居津地時你還以為前途不少有為的希望，直至最近政態詭變，你才內省厭倦，認真想回復你書生逸士的生涯。我從最初驚訝你清奇的相貌，驚訝你更清奇的談吐，我便不阿附你從政的熱心，曾經有多少次我諷勸你趁早回航，領導這新時期的精神，共同發現文藝的新土。即如前年泰戈爾來時，你那興會正不讓我們年輕人；你這半百翁登台演戲，不辭勞倦的精神正不知給了我們多少的鼓舞！

　　不，你不是「老人」；你至少是我們後生中間的一個。在你的精神裏，我們看不見蒼蒼的鬢髮，看不見五十年光陰的痕跡；你的依舊是二三十年前《春痕》故事裏的「逸」的風情——「萬種風情無地着」，是你最得意的名句，誰料這下文竟命定是「遼原白雪葬華顛」！

誰說你不是君房的後身？可惜當時不曾記下你搖曳多姿的吐屬，蓓蕾似的滿綴着警句與諧趣，在此時回憶，只如天海遠處的點點帆影，再也認不分明。你常常自稱厭世人。果然，這世界，這人情，哪禁得起你銳利的理智的解剖與抉剔？你的鋒芒，有人說，是你一生最吃虧的所在。但你厭惡的是虛偽，是矯情，是頑老，是鄉愿的面目，那還不是該的？誰有你的豪爽，誰有你的倜儻，誰有你的幽默？你的鋒芒，即使露，也決不是完全在他人身上應用，你何嘗放過你自己來？對己一如對人，你絲毫不存姑息，不存隱諱。這就夠難能，在這無往不是矯揉的日子。再沒有第二人，除了你，能給我這樣脆爽的清談的愉快。再沒有第二人在我的前輩中，除了你，能使我感受這樣的無「執」無「我」精神。

最可憐是遠在海外的徽徽，她，你曾經對我說，是你唯一的知己；你，她也曾對我說，是她唯一的知己。你們這父女不是尋常的父女。「做一個有天才的女兒的父親」，你曾說，「不是容易享的福，你得放低你天倫的輩分先求做到友誼的了解」。

徽，不用說，一生崇拜的就只你，她一生理想的計畫[6]中，哪件事離得了聰明不讓她自己的老父？但如今，說也可憐，一切都成了夢幻，隔着這萬里途程，她那弱小的心靈如何載得起這奇重的哀慘！這終天的缺陷，叫她問誰補去？佑着她吧，你不昧的陰靈，宗孟先生，給她健康，給她幸福，

---

[6]　計畫，同「計劃」。

尤其給她藝術的靈術 —— 同時提攜她的弟妹，共同增榮雪
池雙栝的清名！

一九二六年二月二日　北平新月社

弔劉叔和

導讀

　　劉叔和，本名光一，字叔和，江蘇南通人，曾任北京大學歐洲經濟史教授，《現代評論》經理，1925 年 9 月 2 日病歿於北京。「叔和性情平易，待人和婉，可是常常喜歡說抱怨的話。請人辦事，強之常達目的，可是開始總自捶其胸道：『辦不了，辦不了。』大約因此及因他說話極多的緣故，朋友們稱他為『劉老老』。許多散處歐美中國的朋友聽見劉老老忽然死了，一定大家會感覺極沉痛的哀悼」（陳西瀅：《劉叔和》）。

　　徐志摩同劉叔和交情深厚，早年二人同船赴美，1920 年秋又同往英國留學，歸國後亦多有交往。1925 年 10 月 15 日，徐志摩作文《弔劉叔和》，並將其刊在由他主編的 1925 年 10 月 19 日的《晨報副刊》上。

　　在《弔劉叔和》一文中，徐志摩從書桌上靜置的故人的照片起筆，記述劉叔和的病喪。感於生之艱苦，他認為死亡對劉叔和而言倒也是一種解脫，但生死隔絕究竟是無論如何都難以跨越的，陰陽相隔使徐志摩難以豁然釋懷，不禁追憶共歷的往事、同道的情誼，悼念友人的早亡。

　　雖為悼文，但徐志摩將哀傷之情盡力壓制，使劉叔和本人的風貌躍然紙上，情真意摯，樸實感人。

一向我的書桌上是不放相片的。這一月來有了兩張，正對我的坐位，每晚更深時就只他們倆看着我寫，伴着我想；院子裏偶爾聽着一聲清脆，有時是蟲，有時是風捲敗葉，有時，我想像，是我們親愛的故世人從墳墓的那一邊吹過來的消息。

　　伴着我的一個是小，一個是「老」：小的就是我那三月間死在柏林的彼得 [①]，老的是我們鍾愛的劉叔和，「老老」。彼得坐在他的小皮椅上，抿緊着他的小口，圓睜着一雙秀眼，彷彿性急要媽拿糖給他吃，多活靈的神情！但在他右肩的空白上分明題着這幾行小字：「我的小彼得，你在時我沒福見你，但你這可愛的遺影應該可以伴我終身了。」老老是新長上幾根看得見的上脣鬚，在他那件常穿的緞褂裏欠身坐着，嚴正在他的眼內，和藹在他的口頷間。

　　讓我來看。有一天我邀他吃飯，他來電說病了不能來，順便在電話中他說起我的彼得。（在繈褓時的彼得，叔和在柏林也曾見過。）他說我那篇悼兒文做得不壞；有人素來看不起我的筆墨的，他說，這回也相當的讚許了。我此時還分明記得他那天通電時着了寒發沙的嗓音！我當時回他說多謝你們誇獎，但我卻覺得凄慘，因為我同時不能忘記那篇文字的代價，是我自己的愛兒。過了幾天適之 [②] 來說：「老老病了，並且他那病相不好，方才我去看他，他說適之我的日

---

① 　彼得，徐志摩的兒子，生於 1922 年，1925 年病死於德國。徐志摩曾寫過感人的悼文《我的彼得》。

② 　適之，即胡適，胡適字適之。

子已經是可數的了。」他那時住在皮宗石③家裏。我最後見他的一次，他已在醫院裏。他那神色真是不好，我出來就對人講，他的病中醫叫作濕瘟，並且我分明認得它，他那眼內的鈍光，面上的澀色，一年前我那表兄沈叔薇彌留時我曾經見過 —— 可怕的認識，這侵蝕生命的病徵。可憐少鰈的老老，這時候病榻前竟沒有溫存的看護；我與他說笑：「至少在病苦中有妻子畢竟強似沒妻子，老老，你不懊喪續弦不及早嗎？」那天我餵了他一餐，他實在是動彈不得；但我向他道別的時候，我真為他那無告的情形不忍。（在客地的單身朋友們，這是一個切題的教訓，快些成家，不要過於挑剔了吧；你放平在病榻上時才知道沒有妻子的悲慘！ —— 到那時，比如叔和，可就太晚了。）

叔和沒了。但為你，叔和，我卻不曾掉淚。這年頭也不知怎的，笑自難得，哭也不得容易。你的死當然是我們的悲痛，但轉念這世上慘淡的生活其實是無可沾戀，趁早隱了去，誰說一定不是可羨慕的幸運？況且近年來我已經見慣了死，我再也不覺着它的可怕。可怕是這煩囂的塵世：蛇蠍在我們的腳下，鬼祟在市街上，霹靂在我們的頭頂，噩夢在我們的周遭。在這偉大的迷陣中，最難得的是遺忘；只有在簡短的遺忘時，我們才有機會恢復呼吸的自由與心神的愉快。誰說死不就是個悠久的遺忘的境界？誰說墓窟不就是真解放的進門？

③　皮宗石（1887—1967），湖南人，曾留學歐洲，與徐志摩等相識。

但是隨你怎樣看法，這生死間的隔絕，終究是個無可奈何的事實，死去的不能復活，活着的不能到墳墓的那一邊去探望。到絕海裏去探險我們得合夥，在大漠裏遊行我們得結伴；我們到世上來做人，歸根說，還不只是惴惴的來尋訪幾個可以共患難的朋友，這人生有時比絕海更凶險，比大漠更荒涼，要不是這點子友人的同情我第一個就不敢向前邁步了。叔和真是我們的一個。他的性情是不可信的溫和：「頂好說話的老老」；但他每當論事，卻又絕對的不苟同，他的議論，在他起勁時，就比如山墊間雨後的亂泉，石塊壓不住它，蔓草掩不住它。誰不記得他那永遠帶傷風的嗓音，他那永遠不平衡的肩背，他那怪樣的激昂的神情？通伯 ④ 在他那篇《劉叔和》裏說起當初在海外老老與傅孟真 ⑤ 的豪辯，有時竟連「吶吶不多言」的他，也「免不了加入他們的戰隊」。這三位衣常敝，履無不穿的「大賢」在倫敦東南隅的陋巷，點煤汽油燈的斗室裏，真不知有多少次借光柏拉圖與盧騷 ⑥ 與斯賓塞的迷力，欺騙他們告空虛的腸胃 —— 至少在這一點他們三位是一致同意的！但通伯卻忘了告訴我們他自己每回加入戰團時的特別情態，我想我應得替他補白。我方才用亂泉比老老，但我應得說他是一竄野火，焰頭是斜着去

④　通伯，即陳源（1896—1970），文學評論家、翻譯家，筆名為陳西瀅。

⑤　傅孟真，即傅斯年（1896—1950），歷史學家、學術領導人、「五四」運動學生領袖之一。傅斯年字孟真。

⑥　盧騷，通譯盧梭（1712—1778），法國啟蒙思想家。

的;傅孟真,不用説,更是一竈野火,更猖獗,焰頭是斜着來的;這一去一來就發生了不得開交的衝突。在他們最不得開交時,劈頭下去了一剪冷水,兩竈野火都吃了驚,暫時翳了回去。那一剪冷水就是通伯;他是出名澆冷水的聖手。

啊,那些過去的日子!枕上的夢痕,秋霧裏的遠山。我此時又想起初渡太平洋與大西洋時的情景了。我與叔和同船到美國,那時還不熟;後來同在紐約一年差不多每天會面的,但最不可忘的是我與他同渡大西洋的日子。那時我正迷上尼采,開口就是那一套沾血腥的字句。

我彷彿跟着查拉圖斯脱拉[7]登上了哲理的山峯,高空的清氣在我的肺裏,雜色的人生橫互在我的眼下。船過必司該海灣的那天,天時驟然起了變化:巖片似的黑雲一層層累疊在船的頭頂,不漏一絲天光,海也整個翻了,這裏一座高山,那邊一個深谷,上騰的浪尖與下垂的雲爪相互的糾拿着;風是從船的側面來的,夾着鐵梗似粗的暴雨,船身左右側的傾欹着。這時候我與叔和在水發的甲板上往來的走 —— 哪裏是走,簡直是滾,多強烈的震動!霎時間雷電也來了,鐵青的雲板裏飛舞着萬道金蛇,濤響與雷聲震成了一片喧闐,大西洋險惡的威嚴在這風暴中盡情的披露了。「人生,」我當時指給叔和説,「有時還不止這凶險,我們有膽量進去嗎?」那天的情景益發激動了我們的談興,從風起

---

⑦　查拉圖斯脱拉,通譯查拉圖斯特拉(前 60—前 583),古代波斯拜火教之祖瑣羅亞斯德的別名。尼采有名著《查拉圖斯特拉如是説》。

直到風定；從下午直到深夜，我分明記得，我們倆在沉酣的論辯中遺忘了一切。

今天國內的狀況不又是一幅大西洋的天變？我們有膽量進去嗎？難得是少數能共患難的旅伴；叔和，你是我們的一個，如何你等不得浪靜就與我們永別了？叔和，說他的體氣，早就是一個弱者；但如其一個不堅強的體殼可以包容一團堅強的精神，叔和就是一個例。叔和生前沒有仇人，他不能有仇人；但他自有他不能容忍的對象：他恨混淆的思想；他恨腌臢的人事。他不輕易鬥爭；但等他認定了對敵出手時，他是最後回頭的一個。叔和，我今天又走上了暴風雨中的甲板，我不能不悼惜我侶伴的空位！

十月十五日

責任編輯：楊　歌
封面設計：高　林
版式設計：鄧佩儀
排　版：陳美連
印　務：劉漢舉

名 家 散 文 必 讀 系 列

徐志摩

作者　徐志摩

出版｜中華教育

香港北角英皇道 499 號北角工業大廈 1 樓 B 室
電話：(852) 2137 2338 傳真：(852) 2713 8202
電子郵件：info@chunghwabook.com.hk
網址：http://www.chunghwabook.com.hk

發行｜香港聯合書刊物流有限公司

香港新界荃灣德士古道 220-248 號 荃灣工業中心 16 樓
電話：（852）2150 2100　傳真：（852）2407 3062
電子郵件：info@suplogistics.com.hk

印刷｜美雅印刷製本有限公司

香港觀塘榮業街 6 號海濱工業大廈 4 樓 A 室

版次｜2022 年 12 月第 1 版第 1 次印刷
©2022 中華教育

規格｜32 開（195mm x 140mm）

ISBN｜978-988-8808-92-2